長編小説

蜜惑
隣りの未亡人と息子の嫁

霧原一輝

竹書房文庫

目次

※この作品は竹書房文庫のために
書き下ろされたものです。

第一章　息子の嫁の痴態

1

その夜、藤田泰三《ふじたたいぞう》は寝つくことができずに、ベッドの上を輾転《てんてん》としていた。

六十歳で、長く勤めていた会社を定年退職した。関連会社で六十五歳まで働くことを会社から提案されたが、定年間際まで課長として激務をこなしていただけに、しばらく職場から離れたかった。

二年が経過して、現在六十二歳。徐々に労働意欲も湧いてきたが、新しい境遇に身を置くことにためらいがあった。

だらだらしている時間が多いせいか、最近はとくに眠れない。

同時に、オシッコの間隔が短くなった。

膀胱《ぼうこう》にちょっと小便が溜まっただけで、尿意を覚える。頻尿《ひんにょう》というやつで、老化現象のひとつらしい。

我慢できなくなって、階段をおり、一階にあるトイレで用を足した。

最近は尿の切れが悪いから、よく振ってから、トイレットペーパーで尿道口をかるく拭く。この際、トイレットペーパーが濡れて、亀頭部に少しだけだが、貼りつくことがあるから、注意しなければいけない。

キッチンで水分を補給して、階段をあがる。

今日は、息子の博志《ひろし》が出張で家を空けていて、今、藤田家にいるのは、息子の嫁である奈々子《ななこ》と泰三だけだ。

奈々子を起こさないように、そっと廊下を歩いているとき、

「ううううん……！」

女の唸るような声が、息子夫婦の寝室から洩《も》れてきた。

(うん……何だ？)

足を止めて、耳を澄ませると、

「あっ……んっ！　んんんっ、あうぅぅ！」

今度ははっきりと聞こえた。

(奈々子さん、オナニーしているのか?)

凍りついたように動けなくなった。

「うっ、うんっ……ぁあうぅぅぅ」

追い討ちをかけるように、奈々子の喘ぎ声が大きくなる。

(これは、絶対にひとりでしているな)

確信を抱いたとき、泰三の内にある衝動が生まれた。

打ち消そうとした。だが、高まりいく息子の嫁の喘ぎを耳にすると、理性が薄れ、体が勝手に動いてしまう。

夫婦の寝室の隣の部屋にそっと忍び込んだ。ここは和室になっていて、今は誰も使っておらず、半ば物置になっている。

そして、隣の夫婦の寝室とは和風壁紙を張った壁で区切られているものの、上のほうには明かり取りの、横に長い窓が設けてあった。

周囲を見まわした。丸椅子が重ねられている。そのいちばん上の椅子を抜き取り、物音を立てないように壁際にそっと置いた。

片足をかけたところで、

(さすがに、マズいだろう。家族はお互いの性を見て見ぬ振りをすることで成り立っ

ている。一線を踏み越えたら、終わりだ）

思い止《とど》まって、かけた足をおろした。そのとき、

「ぁあああうぅぅ……！」

一段と高くなった喘ぎが、壁を越えて耳に届いた。奈々子のあからさまな喘ぎが、ふたたび泰三の背中を押す。

（ええい、見るくらいなら、いいだろう）

家族とはいえ、奈々子は血のつながっていない他人だ。そして、退職した泰三には、もっとも身近な女性でもある。

もう一度椅子に足をかける。

倒れないように慎重に体重を乗せて、丸椅子にあがった。

バランスを取りながら、閉め切られた明かり取りの、横に長い窓から、寝室を覗き込む。

息を呑んでいた。

窓際に置かれたダブルベッドの上で、パジャマの上だけ着けた、下半身もあらわな奈々子がこちらに向かって、足を開いていた。

縦に細長い翳《かげ》りの底に、右手を添えて、左手でパジャマの上から乳房を揉み込んで

いる。そして、右手はクリトリスあたりを円を描くようにしてまさぐり、

「ぁああ、くぅぅぅ」

低い声を洩らしながら、下腹部をもどかしそうにせりあげている。

漆黒の翳りの底がひろがって、内部の赤みまで見え隠れしている。

奈々子の淑《しと》やかで控えめな普段を知っているだけに、その欲情をあらわにした所作に、泰三は驚く。それでも、ムスコが一気に力を漲《みなぎ》らせて、パジャマのズボンを突きあげてしまう。

「ぁあうぅ……ぁあああ、欲しい。欲しい……」

奈々子は切実に言って、指で狭間《はざま》をなぞった。それから、

「ぁああうぅぅ……！」

ひときわ高い声を放って、顔を大きくのけぞらせる。

見ると、中指と薬指が翳りの底に、入り込んでいた。そのまま、出入りを素早く繰り返す。足をガニ股に開いて、両膝がくの字に折れ曲がっていた。

奈々子はしどけない格好で、激しく指を挿入して、

「ぁああ、ああああうぅ……博志さん、ちょうだい。ちょうだい」

博志の名前を呼んだ。

安心した。やはり、奈々子はいまだに夫を愛しているのだ。

この半年余り、博志と奈々子の夫婦仲が悪くなっていることに気づいていた。藤田家の決まりとして、朝食はなるべく家族全員で摂ることにしている。その朝食時でさえ、二人はほとんど言葉を交わさない。

以前に奈々子が、博志に他に女ができたらしいと泰三に洩らしたことがある。普段の様子から見ても、二人の夜の生活はないのだろうと感じていた。

二人は結婚して四年目に入る。職場結婚でその前も長くつきあっていたから、マンネリ化してきて、博志が他の女に手を出したのかもしれない。

それでも、奈々子は自慰行為をしながら、『博志さん』と名前を呼んでいる。そんな息子の嫁が不憫でならない。

奈々子は今、目を閉じているから、泰三が覗いていることはわからないだろう。

泰三は大胆に顔を突き出して、目を凝らした。

すると、奈々子は右手の指を抜き差ししながら、恥丘をぐいぐいせりあげ、

「ぁあああ、あああぁ……気持ちいい……気持ちいいの。ぁあああ、博志さん、ちょうだい。ちょうだい……」

今はここにいない夫に語りかける。

やがて、奈々子は指を高速でピストンさせながら、グーンと腰を浮かして、ブリッジをし、ぱたんと尻をシーツに落とした。

（イッたのか？）

奈々子はしばらく、はあはあはあはあと胸を弾《はず》ませていた。それから、緩慢な動作でベッドに這って、尻を持ちあげた。

まるで自分に向かって尻を突き出してきたように見えて、泰三の心臓は強い鼓動を刻む。白々とした光沢を放つ充実したヒップを見て、分身がいっそう漲ってくる。

たまらなくなって、泰三はパジャマとブリーフの裏に右手を入れ、イチモツを握った。

最近は排尿器官に堕《だ》していた分身がカチカチになっていることに、驚きつつも昂奮《こうふん》した。

奈々子はぐっと姿勢を低くして、肩を入れ、右手を腹のほうから潜り込ませて、割れ目に届かせる。全体をなぞっていたが、やがて、中指を押し込んだ。

抜き差しをしながら、腰を振る。

曲げた左腕に顔を乗せ、パジャマからこぼれでた下半身をあらわにして、こうすればもっと感じるとでも言うように、腰を揺すり立てる。

その欲望のおもむくままの痴態を目の当たりにして、泰三はゆっくりと右手を動かす。

自分の妻ならまだしも、相手は息子の嫁である。絶対にしてはいけないことだ。

しかし、やめられなかった。

ひとしごきするごとに、目が眩《くら》むような快感が押しあがってきて、イチモツはすぐさま爆発しようとする。

だが、まだ射精したくない。奈々子のオナニーを見届けるのだ。

泰三は擦るのをやめて、ガラスを通した隣室の光景に見入った。

物足りなくなったのか、奈々子がもう一本指を足した。二本の指でぐちゅぐちゅと抜き差ししながら、ぐぐっと背中を弓なりに反らせる。

上体を少し起こし、激しく指を動かしながら、がくん、がくんと肢体を揺らし、大きくのけぞった。

気を遣《や》ったのだろうか、そのまま前に崩れていく。

だが、まだ終わりではなかった。

腹這いになったまま、指はいまだに膣《ちつ》におさまっていて、奈々子はぎゅうっと尻たぶを引き締める。

自らの指を締めつけるようなことをしながら、尻をせりあげた。

尻だけを上から糸で引っ張りあげられたように持ちあげて、ぬめ光っている割れ目に激しく指を抽送《ちゅうそう》する。

「ああ、博志さん、イク……イキそう！」

今ここにはいない夫に語りかけて、また尻をせりあげる。

泰三はここぞとばかりに、肉棹《にくざお》を握り指に力を込めた。ぎゅっ、きゅっとしごきあげる。射精前に感じる逼迫《ひっぱく》した感じに満たされながら、窓ガラスから隣室を覗きつづける。

「ああ、ダメっ……イク、イク、イキます……うあっ！」

奈々子は上体を反らせて、尻たぶを締めつけ、シーツを鷲《わし》づかみにした。

そのまま、がくん、がくんと震えているのを見て、

「うっ……！」

泰三も男液を放っていた。

ザーメン特有のツーンとした刺激臭が散り、熱い精液で下腹部がオモラシをしたときのように濡れている。

泰三はしばらくぶりの射精の余韻に酔いしれる。

この前、自慰をしたのが一カ月前。そう言えば、あのときも、義父が息子の嫁を犯すAVを見ながら、息子の嫁が気を遣るときに、射精した。

あのとき、すでに自分のなかでは、奈々子への密かな欲情があったのかもしれない。

隣室では、パジャマのズボンを穿いた奈々子がベッドを離れ、ふらふらした足どりで部屋を出ていくのが見えた。

シャワーを浴びにいったのだろう。

息を凝らしていた泰三は、足音が遠ざかり、階段をおりていくのを確認すると、物音を立てないようにそっと部屋を出て、自室に向かった。

奈々子が戻ってきたら、自分もシャワーを浴びたい。いまだに、ブリーフのなかにはねっとりとした白濁液が溜まっている。

ティッシュで白濁液を拭いていると、自分がしでかしたことの後ろめたさとともに、奈々子がうつ伏せでイッたときの光景が脳裏に浮かび、それがまた力を漲らせそうな雰囲気があって、いや、ダメだと自分を叱責した。

2

十日後、泰三は家族とともに、朝食を摂っていた。

四角のダイニングテーブルの向こう側で博志と奈々子が席につき、三人はオープンサンドとサラダの朝食を口にしている。

相変わらず息子夫婦の会話はなく、二人は必要最小限なことしか話さない。

泰三は正面に座っている奈々子を見る目が、変わってきたことを感じていた。

結婚相手として紹介されたときは、こんな美人で性格もよさそうな女性が息子の嫁になるのかと、息子を褒めてやりたかった。

二人はしばらく賃貸マンションで新婚生活を愉《たの》しんでいたが、二年前に妻を癌《がん》で亡くして、独り暮らしになった泰三のことを思って、この家に移ってきてくれた。

家賃を払う必要がなくなり、奈々子もパートをやめて、家事に専念するようになった。

家に二人でいることが多くなり、奈々子の立ち居振る舞いを観察できるようになって、あらためて、息子は理想的な嫁をもらったとうれしくなった。

てくれる。

奈々子は家事をきちんとするし、義父に対してもやさしく身のまわりの世話を焼い

容姿だって恵まれているし、性格も素直だ。こんないい女を放っておく息子の気持ちがわからない。泰三が夫なら、毎晩でも抱くのに……。

（いや、何を考えているんだ。奈々子さんは息子の嫁だぞ）

奈々子は性欲の対象として見てはいけない相手だ。

（これでは、ダメだ。暇があるからいけないんだ。俺もそろそろ働きに出るか。求人情報誌をもっとじっくりと見てみるか）

博志が食後のコーヒーを飲みながら、泰三を見た。

「父さん、今夜は出張で高崎に泊まるから、よろしく頼むな」

「そうか……また出張か」

「しょうがないよ。俺は新店舗を出す係だからな」

博志は大手ドラッグストアの本社に勤めていて、新店舗出店の担当をしているから、当然出張は多くなる。

「奈々子はわかるだろう？　俺の仕事の大変さが」

「はい、わかります。もちろん」

奈々子が答える。職場結婚だから、会社の実情はよく理解できるはずだ。

「その間、父さん、家を頼むな。男は父さんひとりなんだからさ」

「わかった。心配するな」

そう言って、泰三はちらりと奈々子を見る。

奈々子は必死に感情を押し殺したような顔をしているが、目の奥には、怒りに似た強い感情が見え隠れする。博志はそれを見て、奈々子は博志が女と逢う情報をつかんでいるのだと感じた。

もしそうならば、いっそのこと、その不倫の証拠を博志に突きつけて、糾弾《きゅうだん》すればいいのにと思う。だが、おそらく確固とした証拠ではないのだろう。それに、奈々子は穏やかな性格で、なおかつ博志を愛しているから、離婚騒ぎになるのを避けたいのだろう。

朝食を終えて、博志は出張用の小さなキャリーケースを転がしながら、玄関を出ていく。

残された奈々子がぎゅっと唇を噛《か》んでいる姿を、泰三は見逃さなかった。

その日、泰三は求人誌をひたすら見ていた。

ページをめくり、興味のある会社が載っているページに付箋《ふせん》を貼って、そこで働いたときの状態を想像する。しかし、どれもピンとこない。

商社の第一線で活躍していたという自負のようなものがあり、それが邪魔をしているのかもしれない。

夕食時、奈々子の表情が沈んでいるのを見て、訊《き》いた。

「今夜も、博志はあれなのか？　つまり、他の女と……」

「……そうみたいです。昨夜もスマホでこそこそと頻繁《ひんぱん》にメールをしていましたから。以前に、博志さんがその女と電話をしているのを聞いたことがあるんです。自分が泊まるホテルを教えていたみたいで……それに、出張の前は妙にそわそわしていて。出張前に散髪に行くことも多いんです」

「奈々子さんの勘違いじゃないのか？」

「いえ……わかるんです。長年連れ添ってきましたから。このよそよそしさは、女がいるからだと思います」

「そうか……奈々子さんがそう断言するのなら、間違いはないだろう……で、相手は誰なんだろうね？」

「わかりません。同行している会社の女性社員はいないようなんですが……」

「困ったものだな。俺のほうから、博志に釘を刺そうか？」

「いえ、それは……はっきりした証拠もありませんし。博志さんとの関係がこじれてしまいますから」

家族とはいえ、夫婦の問題に他人が口を挟むことはしないほうがいいのかもしれない。妙にこじれたら、関係を修復するのが難しくなる。

その後、オープンキッチンで奈々子が食事の後片付けをするのを、カウンター越しに眺めながら、泰三はリビングでしばらく寛《くつろ》いだ。

テレビを見ていても、奈々子が気になってしょうがない。

(今夜も、ひとりで自分を慰めるのだろうか……)

しばらくして、泰三は風呂に入りにいく。

バスルームでバスタブにつかっていると、隣の脱衣室兼洗面所に人の気配がした。

(何だろう？　奈々子さん、早めに歯を磨いているのか？)

などと想像しているうちに、扉が開いて、白いバスタオルを胸に巻いた奈々子が、入ってきた。

「えっ……？」

一瞬、ぽかんとしてしまった。

「すみません、いきなり……お背中を流せてください」

奈々子が胸元を押さえて、微笑む。

「えっ……ああ、いやっ……」

「たまには、お義父《とう》さま孝行をさせてください。今夜は博志さんもいませんし……」

そう言って、奈々子は洗い場にしゃがむと、シャワーを出し、洗い場を温めはじめた。

「だけど……申し訳ないよ。奈々子さんにはいつも孝行してもらっているから」

泰三はそう言いながらも、奈々子から目を離せない。

長い髪を後ろでアップにしていた。左右の鬢《びん》が横顔に垂れて、悩ましい。白いバスタオルがたわわな胸に張りつき、片膝を立てているので、むっちりとした太腿《ふともも》がわずかにのぞいている。

奈々子のオナニーシーンが思い出されて、イチモツが勃起しそうになり、ダメだ、ダメだと必死にそれを抑える。

「お義父さまにはよくしていただいているので、そのお礼です」

奈々子がボディスポンジをつかんで、シャワーをかけ、石鹸をなすりつけて、泡立てている。

「いいのかい？」

「ええ、もちろん……温まったら、出てください」

奈々子がシャワーの温度を確かめながら、言う。

泰三の気持ちは決まった。いや、最初から決まっている。

「悪いね。それじゃあ、お言葉に甘えさせてもらおうかな」

泰三はバスタブを出ながら、股間を手で押さえた。ボディタオルは壁の取っ手にかけてあるから、今は前を隠すものがない。仕方なく、手で下腹部を覆い、言われるままに洗い椅子に腰かける。

前には鏡や蛇口があるが、奈々子には背中を向けているから、股間のものは見えないはずだ。

「やはり、男性の背中はひろいですね。お義父さまの背中も肩幅があって、すごく逞《たくま》しい。洗いますね」

奈々子は泡立てた大きなスポンジで背中を擦りはじめる。

柔らかなスポンジに塗られた石鹸の潤滑性のせいか、背中がひどく気持ちいい。自分で、ボディタオルを斜めに伸ばして擦るときとは大違いだ。

ちらりと前を見ると、少し曇った鏡に、泰三の肩ごしに奈々子が映っていた。

バスタオルを胸から巻いた奈々子が、一生懸命に泰三の肩や背中を擦ってくれている。ややうつむいた顔、三十二歳の適度に丸みを帯びた肩や二の腕のもち肌……。

見とれていると、奈々子が顔をあげたので、視線が合った。

すると、奈々子は鏡のなかの泰三に微笑みかける。

「お義父さま、手をあげてください」

「ああ、わかった」

片手をあげると、奈々子は腋《わき》の下にスポンジを走らせ、そのまま脇腹へとおろしていく。

くすぐったくなって、びくっとしてしまった。

「ゴメンなさい。くすぐったかったですか？」

奈々子が鏡越しに訊いてくる。

「ああ、少しね……でも、大丈夫だよ」

言うと、奈々子は反対側の腋の下を洗ってくれる。

それから、いったんスポンジを絞って、汲んだお湯に浸し、また石鹸を塗りつけた。

泡立てたスポンジで、もう一度肩から背中を擦ってくれる。

「ついでに、前も洗いますね」

奈々子が覆いかぶさるようにして、胸板にスポンジを擦りつけてきた。

そのとき、バタオル越しにたわわな乳房の柔らかさを感じて、下腹部のものが反応しかけた。あわてて、そこを手で隠す。

すると、奈々子が言った。

「お義父さま、よく洗えません。手を……」

「いや、いいよ」

「恥ずかしがらないでください。何もしませんから」

泰三がおずおずと股間から手を外すと、そこにスポンジがおりてきた。

泡立って石鹸でぬらつくスポンジで擦られるうちに、分身が徐々に力を漲らせてきて、むっくりと頭を擡《もた》げてしまう。

(奈々子さん、どういうつもりだ？　こんなことをしたら、いくら還暦すぎの男といえ、勃起するに決まっているだろう。わかっていて、しているのか？　誘っているのか？　まさか……ぁあああ、ダメだ。これ以上されたら)

泰三はとっさにその手をつかんで、言った。

「もういいから、シャワーで洗い流してくれ」

「……」

奈々子は傷ついたのか、無言のままシャワーで石鹸をきれいに洗い流してくれる。

泰三は考えついたことを提案した。

「ありがとう。今度は奈々子さんの背中を俺が流してやる」

「えっ……いけません。お義父さまにそんなことをしていただいたら……それに、恥ずかしいわ」

奈々子が羞恥の色をのぞかせる。

「いいじゃないか。いいから、バスタオルを外して、ここに座って」

「でも……」

「いいから」

強く言うと、

「見ないでくださいね。お義父さまに見せられるような身体ではありませんから」

謙遜しながら、奈々子はバスタオルを外した。こぼれでてきた乳房をさっと隠して、洗い椅子に背中を向けて座る。

泰三はシャワーヘッドをつかみ、後ろから肩にシャワーを浴びせた。糸のような細い水流が肩から、乳房、背中へと流れていき、肌が光ってきた。

奈々子は透き通るような肌をしていた。色白できめ細かく、実際に触れなくとも、もち肌であることがわかる。

両手で胸を隠しているが、そのふくらみが手では覆いきれないほどにたわわであることはわかる。胸前で交差させた腕と乳房の間にも、お湯が溜まって、ダムが決壊したように下腹部に向けて、流れ落ちている。

ちらりと前の鏡を見ると、奈々子が両手で乳房を隠してうつむいている姿が、はっきりと映っていた。それを見て、股間のものがまた頭を擡げてしまう。

鎮まれ、鎮まれと言い聞かせて、泰三はスポンジに石鹸を塗りつけて、泡立てる。

「洗うよ」

シャワーを止めて、肩から背中へとスポンジを柔らかく擦りつけた。

肩幅はそれなりにあるが、ウエストが見事にくびれているので、その窄《すぼ》まっていく背中のラインが美しい。しかも、吹き出ものひとつないすべすべした背中で、そこを擦っているだけで、泰三も気持ちいい。

両腕で乳房を覆いつづけているせいか、背中が丸まってしまっている。結いあげられた髪からのぞくうなじに、柔らかそうな後れ毛が生えていて、楚々とした色香が匂い立つ。

「強さは、大丈夫か？」

「はい……」

短く答える奈々子の声が上擦っている。

「腋の下を洗いたいから、腕をあげなさい」

「そこはいいです」

「だけど、さっき俺もされたぞ……」

言うと、奈々子がおずおずと右手をあげた。あらわになった腋窩《えきか》はきれいに剃《そ》られていて、そこをスポンジで洗うと、

「んっ……！」

奈々子が低く呻《うめ》いた。

「大丈夫か？」

「はい……」

腋の下から脇腹へとスポンジをおろしていくと、

「あっ……！」

奈々子が震えて、短い声をあげる。

「どうした？」

訊いても、奈々子は答えない。

気づいたときには、スポンジを乳房へと走らせていた。

「んっ……！」

奈々子が腋を締めて、いやいやをするように首を振った。

泰三はうねりあがる情欲を抑えることができなくなっていた。スポンジを放して、石鹸の付着した乳房を手のひらで包み込む。柔らかいが、充実した感触が伝わってきた。

すると、奈々子はその手を外して、言った。

「いけません。お義父さま、これ以上はダメです。ほんとうにいけません」

奈々子に撥《は》ねつけられて、泰三も自己正当化をしたくなった。

「奈々子さんがいけないんだぞ」

「えっ……？」

「見てしまったんだ。この前、深夜にトイレに立ったら、部屋から奈々子さんの声が聞こえたから、ついつい隣の部屋から覗いてしまった。そうしたら、奈々子さんが自分を慰めていた……。それから、もう奈々子さんを女としてしか見られなくなった」

「わたし、見られたんですか？」

「ああ……」

「いやっ……！」

奈々子は激しく首を左右に振って、立ちあがり、泡だらけの裸身にバスタオルを巻きつけ、扉を開けて、出ていった。

「奈々子さん、ゴメン。俺は出るから、入りなさい。そのままでは……」

泰三は呼びかけたが、自慰を見られたことがよほどショックだったのだろう。

奈々子は無言で、バタバタと足音を立てて、洗面所を出ていった。

3

泰三はひどい自己嫌悪に見舞われていた。

奈々子がせっかく親切心で背中を流してくれたのに、自分は恩を仇で返してしまった。

最低のことをしてしまった。

(このままでは、ダメだ。ここは潔く謝ろう。そうしないと、明日から二人は妙な感じになってしまう)

泰三は部屋を出て、息子夫婦の寝室に向かった。

ドアの前で立ち止まって、ドアをノックする。すぐに、ドアが開いて、奈々子が顔を出した。ストライプのパジャマを着て、長い髪が肩に枝垂《しだ》れ落ちている。

「さっきは悪かったな。話をさせてくれないか？」

言うと、奈々子は泰三を部屋に入れた。

夫婦の寝室にはダブルベッドが窓際にあり、クローゼットやドレッサーも置いてある。かつては泰三と妻が使っていた部屋を若夫婦に明け渡したものだ。

「さっきは申し訳なかったな。覗き見したことも含めて、謝らせてくれ。申し訳なかった。このとおりだ」

泰三は深々と頭をさげた。

「……お義父さま、謝意は充分に伝わりましたから、頭をあげてください。お義父さまがそのようなことをなさっては、いけません」

奈々子の声が聞こえる。そのやさしさに胸を打たれた。

それでも、すぐには頭をあげられない。深々と頭をさげつづけていると、奈々子が近づいてきて、さがっている頭を持ちあげてくれる。

体を起こすと、目の前に奈々子の顔がせまっていた。ふわっと散った髪とアーモンド形の目から、視線が外せなくなった。

途端に、オスの本能が目覚めかけて、それをぐっと抑える。

奈々子が言った。

「わたしが悪いんです。お義父さまの背中を流していたら、妙な感じになってしまって……」

「妙な感じ……？」

「……お義父さま、ご自分ではわからないかもしれませんが、ちょっとした仕種や顔立ちが博志さんに似ていらっしゃるんですよ。背中もそっくり……だから、ついつい……」

奈々子が上目づかいでちらっと泰三を見た。すぐに、目を伏せて、つづける。

「お義父さまのあれがお元気になっていたから、それで……ゴメンなさい。わたし、何を言っているの！　恥ずかしいわ」

奈々子が離れて、ベッドに腰かけた。両手で顔を覆っている。

泰三はそっと近づき、隣に腰をおろす。

「あのときも、博志さんが出張していて、きっとまた女性と逢っているんだなと思うと、悔しくて……でも、身体が火照《ほて》ってきて、自分で……わたし、どうしようもない女なんです。救いようがない女なんです」

奈々子が両手で顔を覆って、ますます深く前屈した。

さらさらした黒髪が垂れ落ちて、わずかにのぞいている楚々としたうなじが、泰三の男心をざわつかせる。

「そんなに自分を卑下するものじゃない。奈々子さんは素晴らしい女性だ。それは、俺がよくわかっている。俺があなたの夫なら、絶対に放っておいたりしない。毎晩だって、奈々子さんを抱くのに……」

「……お義父さま……」

奈々子が顔をあげて、じっと泰三を見た。

二人の間に熱い感情のつながりが生まれ、それが泰三を駆り立てる。

「奈々子さん……」

唇を寄せると、奈々子が目を閉じた。

ぷっくりとした唇にキスをする。そのまま、抱き寄せて、後ろに倒した。折り重なるようにキスをつづけていると、

「いけません！」

奈々子が泰三を突き放して、顔をそむける。

「わかってる。わかってるさ……だけど、奈々子さんを放っておけないんだ」

「わたしも、お義父さまのことを……。でも、わたしはお義父さまの息子の嫁なんで

すよ。だから……」

「わかってる。わかってるさ……これが……」

奈々子の手をつかんで、股間のものに触れさせる。パジャマを高々と持ちあげた勃起を握らせると、奈々子はハッとしたように手を引こうとする。

「こいつは奈々子さんを女性だと認識している。頭ではわかっていても、どうしようもないことがあるんだ」

泰三はパジャマのズボンとブリーフの裏側へと、奈々子の手を導く。引いていこうとする手をつかんで、力ずくで握らせる。

その状態で、奈々子の手を動かして、しごかせた。

「いけません、お義父さま……いけません……」

奈々子は顔をそむけながらも、なすがままで抗うことをしない。

「頼む。あなたが恋しくて、パンパンなんだ。いけないことは充分にわかっている。だけど……あなたがここでオナニーしているところを見て、俺は射精した。奈々子さんがイクのを見ながら……そこから覗いていたんだ」

奈々子は横にひろく開いた窓をちらりと見て、そのシーンを想像したのか、いやいやをするように首を振った。

「奈々子さんは俺に恥ずかしいところを、見られているんだ。俺はきみの陰毛の生え方も、あそこがどうなっているかも、どうやってイクかも知っている。だから、もう隠すことはないんだ。俺も隠さない。恥ずかしいところを見せるよ」

泰三はパジャマのズボンに手をかけて、ブリーフごと引きおろした。

ぶるんと頭を振り、飛び出してきた肉柱に目をやって、奈々子は必要以上に大きく顔をそむけた。

奈々子は目の縁を赤く染めながら、目をそらしつづける。

泰三は仰臥《ぎようが》している奈々子のパジャマの上着のボタンを上から、外しにかかる。

「いけません。ほんとうにダメです。わたし、ほんとうに……」

「風呂場で誘っておいて、いざとなったら拒否するのは自分勝手すぎないか？」

矛盾を突くと、奈々子は押し黙った。

泰三はボタンを上から、ひとつ、またひとつと外していく。すべて外して、パジャマの前を開けると、ノーブラの乳房がまろびでてきた。

とっさに胸のふくらみを隠そうとする奈々子の手をつかんで、頭上に押さえつけた。

「やめてください……！」

奈々子はたわわな乳房をさらして、大きく顔をそむける。

直線的な上の斜面を下側の充実したふくらみが押しあげた、泰三の好みの形をした乳房だった。硬貨大のちょうどいい大きさの乳輪からせりだした乳首は濃いピンクに色づいている。

「今も、博志は誰ともわからない女を抱いているんだ。奈々子さんだけが貞節を守る必要なんかないよ。裏切られているんだから、裏切っていいんだ。そうしないと、心が持たないだろう？」

言い聞かせて、乳首を下からツーッと舐《な》めあげると、

「あんっ……！」

奈々子はびくっとして、顎をせりあげる。

感じているのだ。何だかんだ言っても、奈々子の肉体はぎりぎりの状態にある。

抜けるように白い乳肌をつかんで、じっくりと揉みあげた。柔らかな乳房に指が沈み込み、ふくらみが押し返してくる。

この感触を味わうのは、いつ以来だろう？

たわわなふくらみを揉みしだきながら、乳首に吸いついた。チューッと吸うと、

「ああああっ……！」

奈々子が喘ぎを長く伸ばした。

吐き出して、舌先で転がす。

幸いなことに、何年経っても、愛撫の仕方を忘れていなかった。きっと、本能的な行為だからだろう。

見る間に、乳首が体積を増し、勃《た》ってきた。

いつも思うことだが、どうして女性の乳首はこんなにあからさまに勃つのだろう？

きっと、ペニスと同じような構造をしているのだ。

そして、この乳首のせりだしが男に勇気を与えてくれる。

ふくらみをつかみながら、乳首をレロレロッと舌で上下左右になぞると、

「ぁあ……んっ、んっ……ぁああ、それ……ぁあぅぅ」

奈々子がもう我慢できないとでも言うように、大きく顎を突きあげた。

『それ』と言ったとき、泰三は舌を横に振っていた。おそらく、こうされると、感じるのだ。だったら、それをつづければいい。

泰三は舌を横揺れさせて、硬くしこってきた乳首を弾《はじ》く。そうしながら、もう片方の乳首も指腹に挟んで、左右にかるくねじった。

しばらくつづけていると、奈々子の様子がさしせまってきた。

どうしていいのかわからないと言ったふうに身体をよじり、胸をせりあげ、尻をシ

ーツに擦りつける。

奈々子は身体が柔軟なのだろう。肢体を快感で波打たせるようなスムーズな仕種が、たまらなかった。

若いときなら、ここですぐに下腹部に手を伸ばしていた。だが、泰三は歳をとって、気が長くなっている。

じっくりと乳首を攻めた。

もう一方の乳首を吸い、舐めた。そうしながら、唾液で濡れた片方の乳首を指先で転がす。

「うーん、うーん、うふっ……あっ、あっ、ぁあああうぅぅ」

奈々子が泣いているように喘いで、仄白《ほのじろ》い喉元をさらす。

そのとき、奈々子の腰が何かをせがむように動きだした。パジャマのズボンで隠れている下腹部が、ぐぐっ、ぐぐっとせりあがってきた。

きっと、そこを触ってほしいのだろう。だが、泰三はわかっていて、焦《じ》らす。

「あああ、もう……」

奈々子は我慢できないとでも言うように、大きく下腹部を持ちあげる。

「どうした？」

「ああ、お義父さま……お願い」

奈々子が哀願してきた。その細められた目は、透明な膜がかかったように潤み、きらきらと光っている。

「こうしてほしいのかな？」

泰三は右手をおろして、太腿の奥をつかんだ。パジャマ越しにそこに手を強く添えると、

「うあっ……！」

奈々子が歓喜の声をあげる。

同時に、痙攣《けいれん》がさざ波のように肢体を走り抜けた。その反射的な仕種で、奈々子がいかに男を求めていたのかがわかった。

三十二歳といえば、女性が性の悦《よろこ》びを愉しめるようになる頃だ。

奈々子だって、博志によって身体を開発されて、セックスの悦びがわかってきているのだろう。身体が花開こうとしているときに、相手にされなくなったら、寂しさだけが募るはずだ。

（俺が、息子の代わりに、満足させてやるからな）

泰三はパジャマのズボンとパンティの裏側に右手をすべり込ませた。

猫の毛のように柔らかな繊毛のすぐ下に、それとわかるほどに濡らした花弁が花開いていた。

ふっくらとした肉びらを押し退《の》けるように、狭間に指を走らせる。

尺取り虫みたいに指を這わせると、一気にぬかるみが深くなり、そこを指腹でトン、トン、トンとかるくノックする。

「んっ……んっ……ぁあああ……」

奈々子が濡れ溝を擦りつけてきた。

中指の先がぬかるみをかき分けていくと、奈々子はもっと奥まで欲しいとでも言うように、下腹部をせりあげる。

吸い込まれそうな指で膣口をなぞりつづけた。

「ああああ、お義父さま、焦らさないで……」

奈々子が潤みきった瞳を向ける。

泰三は奈々子のパジャマのズボンとパンティに手をかけて、一気に引きずりおろした。

膝までさがったそれらを、足先から抜き取っていく。

長方形に剃られた漆黒の翳りと恥肉があらわになり、奈々子は太腿をよじりあわせるようにして、それを隠す。

泰三は足のほうにしゃがみ、両膝の裏をつかんで、すくいあげながら開く。

顔を寄せて、翳りの底に貪りついた。

甘酸っぱい匂いのこもる恥肉の狭間を、ツーッと舌でなぞりあげると、

「ぁあああっ……」

奈々子は掠れた喘ぎ声をあげて、両手を顔の脇に置く。

クンニしながら見あげると、円錐の形の乳房が隆起して、その間に、顎をせりあげている奈々子の顔が見えた。

そして、柔らかな繊毛が流れ込むあたりに包皮をかぶった小さなクリトリスが飛び出している。

狭間の粘膜を舐めあげていき、その勢いを利して、ピンと肉芽を撥ねあげると、

「あっ……！」

奈々子が鋭く反応して、顔をのけぞらせた。

やはり、ここがもっとも感じるのだろう。

下から舐めあげてから、上方を引っ張った。つるっと包皮が剥《む》けて、珊瑚《さんご》色にぬめ光る本体があらわになる。

そこは、まだ小さい。

肉真珠を縦に舐めていると、それが徐々にふくらんできて、色も赤く染まってくる。

いったん離れて、周囲を焦らすように舐めると、

「ああ……ぁああうぅぅ……ください。じかに欲しい……」

奈々子が下腹部を持ちあげて、せがんでくる。

そこで、泰三はまた本体に舌を走らせる。

舌に力を入れると、どうしても舌が硬くなってしまう。そうしないように、力を抜いて、舌全体を使うようにして突起をゆっくりと、大きくなぞりあげた。

「ああ、ああうぅぅ……」

奈々子は快感を溜め込んでいるように低く喘いで、ゆっくりと下腹部を擦りつけてくる。

そこで、泰三は舌で横に弾く。

細かく左右に振ると、奈々子の反応が変わった。

「あああ、くうぅぅ……許して。それ、許して……」

そう言いながらも、濡れ溝をぐいぐい擦りつけてくる。

『許して』という言葉が出るのは、つまり、感じすぎてしまうから、もう許してくだ

さいということだろう。

泰三はしばらく、丹念にクリトリスを上下左右に舐めた。

それから、吸う。チューッと吸い込むと、肉芽が伸びて口腔に入り込み、

「やぁああああ……！」

奈々子が嬌声《きょうせい》を噴きあげる。

「感じるのか？」

いったん吐き出して問うと、

「はい……すごく」

奈々子が答える。

泰三はつづけざまに、肉芽を吸った。吸い込んでは吐き出して、勃起しきった本体を舌であやす。また、吸って、あやす。

それを繰り返していると、奈々子はもうどうしていいのかわからないといった様子で、シーツを握りしめ、身体をよじり、

「ああ、許して……もう、許して……はぁあうぅぅ！」

あさましいほどに腰を振る。

泰三は、奈々子が指を挿入して、昇りつめていったことを思い出した。

人差し指と中指を合わせ、舐めて湿らせる。

たっぷりの唾液にまみれた指を、押し込んでいくと、

「あっ……！」

奈々子は大きくのけぞって、顔をせりあげた。

ぬるりと第二関節まで嵌《は》まり込んだ二本の指を、蕩《とろ》けた粘膜がぎゅっ、ぎゅっと締めつけてくる。

「締まってくる。奈々子さんのここは、すごく締めつけが強い。素晴らしいよ」

泰三は褒めながら、指でゆっくりと抜き差しをする。

片手で開いた膝を押さえて、上を向けた指腹で上方の粘膜を擦っていく。

すると、奈々子が徐々に快楽を溜めていくのがわかった。

「この前も、自分の指でこうやって、昇りつめていた。指が気持ちいいんだね？」

問うても奈々子は答えない。もう一度、訊いた。

「気持ちいいんだね？」

「……はい。気持ちいいんです……ぁあああ、恥ずかしいわ。お義父さまにこんなところを見せて……」

「いいんだよ。自分を解放すればいいよ。ほんとうの奈々子さんを見たい……そうだ。

自分でクリトリスをいじってごらん」

提案してみると、奈々子は恥ずかしくて、とてもそんなことはできないとでも言うように、首を横に振った。

「この前みたいに、奈々子さんがイクところを見たいんだ。俺はどうでもいい。あなたが昇りつめるところを見るだけで、充分なんだ。頼みます」

最後は請うていた。

「あまり、見ないでくださいね」

「ああ、わかった」

そう答えると、奈々子の右手がおずおずと伸びてきた。

繊毛を越えた中指が、上方の突起をとらえ、ゆっくりとそれをまわし揉みはじめる。

泰三の指が入り込んだ膣口の上方にある突起を、引っ張りだすようにして、くりくりと転がし、トントンと指先で叩く。

それを繰り返しているうちに、膝が伸びてきた。

ピーンと左右の足をまっすぐに伸ばして、顔をのけぞらせる。

それを見て、泰三も指を抜き差ししながら、上方の粘膜を擦る。ピストンをやめて、おそらくGスポットだろう天井のざらざらをかるくノックした。

スポットに押し当て、少し力を入れて、擦りあげる。

つづけていくうちに、奈々子がいよいよ逼迫してきたのがわかる。

「ぁああ、もう、もうダメっ……お義父さま、イキそうです。わたし、イッちゃう！」

奈々子が訴えてくる。

「いいんだよ。イッて……このほうが気持ちいいかな？」

泰三は二本指で天井を擦りながら、抜き差しをする。

「ぁああ、そのまま……ぁあああ、恥ずかしい。見ないでください……見ないで……ぁああ、ああああああ」

奈々子のクリトリスを捏《こ》ねる速度が増していき、左手で乳房をじかに鷲づかみにする。

たわわな乳房に指を食い込ませながら、細かくクリトリスを刺激し、

「ぁああ、ああああ……イキそう。ほんとうにイッちゃう！」

奈々子が目を閉じたまま、訴えてくる。

「いいんだよ。イキなさい」

泰三が指を出し入れすると、ぐちゃぐちゃと淫蜜がすくいだされて、とろりとした

蜜がしたたった。

「ぁあああ、イキます……イク、イク、イキます……いやぁあああぁぁ！」

奈々子が大きくのけぞって、がくん、がくんと躍りあがった。

そして、押し込んだ指を、膣が収縮しながら締めつけてくる。

4

気を遣って、ぐったりした奈々子を見ていると、股間のものがますます猛々《たけだけ》しくなった。

（ここまで許してくれて、しかも、イッたのだから、本番セックスをしてもいいんじゃないか？）

胸底《きょうてい》に残る疚《やま》しさを振り切るようにして、泰三は着ているものを脱いだ。

全裸になって、いきりたっているものを雌芯にあてがおうとしたとき、ぱたっと奈々子が足を閉じた。

大きく目を見開いて、首を横に振った。

「それはダメっ……いけません」

「あなたはお義父さまなんです。主人の父親なんです。だから、最後まではしてはいけないんです」

「だけど、ここまで許してくれたじゃないか？」

「……ここまでなら、いいんです。でも、挿入はいけません」

奈々子はそう言って、泰三をベッドに寝かせ、足のほうにまわった。

見守っていると、奈々子は猛りたつものを握って、ゆっくりとしごく。それから、顔を寄せて、ちゅっ、ちゅっと愛らしく亀頭部にキスをする。

どうやら、奈々子のなかでは、フェラチオまではOKらしい。

泰三は挿入したい。しかし、確かに奈々子が言うように、二人の間には絶対に踏み越えてはいけない一線がある。それを考えると、フェラチオは今二人ができる最高の愛撫なのかもしれない。

奈々子は肉棹を握り込み、亀頭部に唇をかぶせてきた。途中まで頬張り、ゆったりと顔を振る。

夢を見ているのかと思った。

それでも、亀頭冠を中心にストロークされると、ジーンとした快感がひろがってきて、これは紛れもない現実であることをわからせてくれる。

奈々子は唇でしごきたてながら、髪をかきあげて、ちらりと泰三をうかがう。アーモンド形の目を大きく見開いて、じっと泰三を見あげてくる。

かるくウエーブのかかった髪が優美さを加え、鼻筋の通った美貌のところどころがきれいな朱色に染まっていた。

そして、弓なりにしなった背中の向こうにハート形に切れ込みのついた丸々としたヒップが見事な曲線を見せている。

奈々子はいったん肉棹を吐き出して、下から舐めあげてきた。

裏筋にツーッ、ツーッと舌を走らせ、亀頭冠の真裏をちろちろと舌で刺激する。包皮小帯についばむようなキスをして、ゆっくりと舐めあげる。

赤い舌が躍り、その圧力が心地よい。

奈々子は包皮小帯を刺激しながら、皺《しわ》袋を撫であげてくる。

睾丸《こうがん》の入った袋をしなやかな指でやわやわと揉み込みながら、本体に唇をかぶせてきた。そして、情熱的に唇をすべらせる。

泰三には本体と睾丸を同時に攻められた記憶はない。

(こんなことまで……奈々子さん、清楚な顔をしているのに、やることはやるんだな)

想像を超えたことをされると、男は昂《たかぶ》る。

奈々子は指を離して、ぐっと深く咥《くわ》え込んできた。唇が陰毛に接するまで頬張り、その間も睾丸をやわやわとあやしてくれる。

もっと深く咥えようとして、「ぐふっ、ぐふっ」と噎《む》せた。

相当苦しいはずだ。しかし、奈々子は厭《いと》うことなく、むしろ、嬉々として深く咥えつづけている。

ゆっくりと唇を引きあげていき、ちゅぽんと吐き出した。

髪をかきあげながら、もう一度泰三を見た。はにかむような笑みを見せ、また唇をかぶせてきた。

今度は、吸い込んでくる。

左右の頬が大きく凹《へこ》み、いかに奈々子が強くバキュームしてくれているかが伝わってくる。

奈々子は吸い込みながら、裏筋のほうに舌をからませてきた。

ねっとりとした舌が裏側を削ぐように動いて、

「くっ……！」

泰三は快感に酔いしれる。これまでのセックスで、これほど巧みに舌をつかう女性はいなかった。

奈々子は這うようにして、屹立《きつりつ》を大きくしごいてくれる。

指はつかわずに、口だけで一生懸命にご奉仕してくれる。

これほど献身的にフェラチオしてくれる女性はそうそういない。

(奈々子さん、たまらん……こんなに一生懸命にフェラしてくれるパートナーを、なぜ博志は顧《かえり》みないのだ？)

まったく、博志の気持ちがわからない。

意図したわけではないだろうが、ジュルル、ジュルルと唾《つば》を啜《すす》る音がして、それがまた泰三を桃源郷《とうげんきょう》へと押しあげる。

「ぁああ、気持ちいいよ……奈々子さん、最高に気持ちいい……ぁあああ、たまらんよ」

思いを告げると、奈々子がいったん吐き出して、言った。

「口のなかに、お出しになってもいいんですよ」

「いや、それでは……」

「わたしはお義父さまのこれを受け入れるわけにはいきません。これが精一杯なんです。わたしはイカせていただきました。だから、次はお義父さまが出してほしい……

いいんですよ。出してください」

奈々子はぼぅと霞《かす》んだような悩ましい目を向けてから、唇をかぶせてきた。

今度は根元に右手の長い指をからませている。

余っている部分に、唇をすべらせる。自分の手に唇が接するまで頬張ってくれる。

「んっ、んっ、んっ……」

乳房を揺らして、顔を打ち振り、それと同じリズムで指を動かす。

奈々子は唇を引きあげるときは、手を反対におろし、深く頬張るときは、それにぶつからんばかりに指をしごきあげる。

たまらなかった。

分身が思い切り引っ張られ、縮こまる。

包皮が完全に剝かれ、その張りつめた表面を、唇がリズミカルにしごく。

すると、ジーンとした快感がうねりあがってきた。

「あうぅぅ……ダメだ。出そうだ」

ぎりぎりになって告げると、奈々子は頬張ったまま上を向いて、泰三を見ながら、
唇と指で激しくしごいてくる。

射精前に感じるあの予兆が生まれ、

「ああ、出そうだよ。いいんだね？　出していいんだね？」

確認すると、奈々子は目でうなずいた。

それから、一気にスパートした。

「んっ、んっ、んっ……」

くぐもった声とともに、上体を大きく、速く揺らして、亀頭冠を唇と舌で擦ってくる。

枝垂れ落ちた髪が揺れ、持ちあがった尻が切なげにうねっている。

つづけざまに擦りあげられたとき、抑えきれない甘美な高まりがやってきた。

「ぁあああ、出そうだ。出すよ、出す……ぁあああおお！」

泰三は吼《ほ》えながら、放っていた。

凄まじい放出感が背筋を貫き、泰三は発作を起こしている分身を口腔深く押し込んだ。

切っ先が届き、精液も直撃しているだろう。

だが、奈々子は苦しい素振りはいっさい見せずに、喉に向かって放たれる男液をこくっ、こくっと呑んでいる。

（ぁあああ、こんなに気持ちいい口内射精は初めてだ……！　奈々子、お前は最高の女だ！）

泰三は腰を前に突き出しながら、射精の歓喜に震えていた。

第二章　背徳に染まる夜

1

一週間後の午前中、隣家に慌ただしい動きがあった。

(何だろう?)

二階の自室から覗くと、隣家に横付けされたトラックから、家具のようなものが運び込まれていた。

(これは、引っ越しだな)

隣家にはついこの前まで、佐藤《さとう》という家族が住んでいた。

ところが、子供たちが随分前に独立して、残っていた老夫婦が老人ホームに入ったため、現在は空き家になっている。

藤田家は東京郊外にある。交通の便がいいわりに、比較的自然の豊かなところで、前の道路の向こう側には深い川が流れていて、土手は緑に覆われている。

まだ開発途上の町で、住宅が密集しているわけではないが、隣家とは庭が接していて、非常に近い。それもあって、隣家がどうなるかは気になっていた。

（そうか……借家にしたのか）

築四十年ほどで、外壁は塗装し直されているし、内部もリフォームしたようだから、借家としても通用したのだろう。

二階から見ていると、三十代のスポーティな格好をした女性が、引っ越し業者にいろいろと指示を出している。

（あの人が、お隣さんになる人か？）

三十代半ばだろうか、年齢的にも結婚していそうだ。だが、家族らしい人はここには来ていない。

（まさか、ひとりってことはないだろう）

パッと見でも、女性はすらりとした体型で、目鼻立ちのはっきりとした美人であることはわかる。

（こんなに男にもてそうな女が、ひとりで隣に住むなんてことはないだろう。きっと、

あとで亭主や子供が来るんだな）

そう勝手に決めつけていた。

荷物の運び込みを終えて、トラックが帰っていった。

それを見届けてから、泰三は一階のダイニングで、奈々子と二人で昼食を摂る。

先日、フェラチオをされて以来、ふいに奈々子を抱きしめたくなる。

それに、奈々子も気づくと、泰三を見つめているときがある。

それでも、奈々子は基本的には泰三と適度な距離を取っている。あのときのことは、なかったことにしようとしているのかもしれない。

いずれにしろ、あれ以来、二人の間には、何とも言えない微妙な空気が流れる。

そのぎこちない時間を埋めようとして、泰三はパスタをフォークに巻きながら、言った。

「お隣さん、引っ越してきたみたいだね……何か聞いているか？」

「いえ、聞いていません」

「女の人、ひとりしかいなかったな」

「そうですね。わたしも気になって、時々見ていたんですが、きれいな女の方しかいらっしゃいませんでしたね」

奈々子が言う。

『きれいな女の方』か……まあ、そうだな。確かに、美人だった。

「ひとりってことはないだろ？　隣もけっこうひろいしね」

「そうですね。ご主人はあとでいらっしゃるのかもしれませんね」

などと、噂をしていると、インターホンがピンポーンと鳴った。奈々子が席を立って、応対した。

「はい……どなたでしょうか？」

「すみません……わたくし、隣に引っ越してきた者ですが……」

「ああ、はい……今、出ます」

奈々子はインターホンを切って、泰三を見た。

「お隣の方……たぶん、引っ越しのご挨拶に来られたんだと思います。お義父《とう》さまもご一緒にお出になりますか？」

「ああ、そうしよう。手っ取り早い」

泰三は奈々子とともに廊下を歩き、玄関のドアを開けた。

玄関口に佇《たたず》んでいる女性を見て、その美貌に息を呑んだ。上から眺めているときもきれいだと感じたが、こうして間近で見ると、その美しさが際立っている。

優雅と言うか、色っぽいと言うか……。

「隣に引っ越してきた山口紗貴《やまぐちさき》と言います。今日はお騒がせしてしまって、ご迷惑をかけました。これから、お世話になります。どうぞよろしくお願いいたします。こちら、心ばかりの品ではございますが、よろしければお受け取りください」

紗貴が紙袋を渡して、泰三はお礼を言って、それを受け取った。

彼女の完璧な挨拶に感銘を受けながら、泰三は気になっていたことを訊ねた。

「ご主人はあとからいらっしゃるんですね」

「いいえ、主人はいません。二年前、わたしが三十四歳のときに、他界しました」

「えっ……そうですか。不躾《ぶしつけ》なことを訊いてしまいました」

「いずれわかることですから、かえってお話しできて、よかったです……じつは、ここにはひとりで戻ってきたんですよ」

「戻ってきたと言いますと、ここが故郷になるわけですか？」

「ええ、S市ですから、少し離れていますが……実家は両親が他界しましたので、処分してしまって、もうないんです。それで、その近くに……ここが空き家になっているというので、ちょうどいいかなと……主人との間に子供もできなかったのでわたし、ひとりなんです。ですから、何かとご迷惑をかけるかと思いますが」

「男手が必要なときがあったら、遠慮なく呼んでください。駆けつけますので」

泰三はついつい積極的になっていた。

その理由はわかっている。この紗貴という女性が礼儀正しい美人だったからだ。しかも、未亡人だと言う。

「……こちらが、息子の嫁の奈々子さん」

泰三が紹介すると、二人は黙礼しあった。

「息子の博志は、大手のドラッグストアに勤めています。私は泰三と言って、今は定年退職して、家でぶらぶらしているんです。暇を持て余しているんで、何かあったら手伝いますよ」

「ありがとうございます。心強いです……では、そろそろお暇《いとま》いたします。どうぞ、よろしくお願いいたします」

紗貴は奈々子と泰三を交互に見て、深々と頭をさげ、ドアから出ていった。

「ひとりなんだね……驚いたよ」

泰三が言うと、奈々子が呟いた。

「……きれいな方ですね」

「ああ……あんな美人なのに、ご主人を亡くし、子供もできなくて、郷里に戻ってきたんだから。世の中、わからないね」

「ほんとうに、そう思います……」

奈々子は神妙な顔をして、ダイニングに戻っていった。

2

翌日、奈々子が買い物に出ているときに、インターホンが鳴った。

「はい……何でしょうか？」

インターホンに向かって言う。画面には、玄関の前で佇む山口紗貴が映っていた。

「あの……家具が動かせなくて。よろしかったら、手伝っていただけないかと思いまして……ああ、もちろん、お忙しいようならけっこうですが」

「わかりました。大丈夫ですよ。今、行きますから、お待ちください」

泰三は嬉々として玄関に向かう。

面倒だとは少しも感じない。むしろ、心が躍っている。

隣家に向かいながら、

「すみません。引っ越しの業者にタンスを置いてもらったんですが、ちょうどその後ろにコンセントがあって、動かさないと使えないものですから。女手ひとつではびくともしなくて……」

カーディガンをはおった紗貴が申し訳なさそうに言う。

「ああ、たまにありますね。コンセントが使えないと、何かと大変ですから。タコア
シ配線になってしまう」

「おっしゃるとおりです。どうぞ、お入りください」

隣家の玄関から入っていく。洋間のリビングはすでに整理整頓されていた。

「二階の寝室なんですよ」

紗貴が階段を先にあがっていく。

膝丈のワンピースの裾から、むっちりとした太腿の内側がわずかにのぞき、泰三はついつい目を奪われる。

こうして見ると、ヒップは発達していて、三十六歳の熟女の丸みが泰三をドキドキさせる。奈々子も尻は大きいほうだが、紗貴のほうが立派だった。

二階の寝室には、セミダブルのベッドやタンス、ドレッサーが置いてあった。

寝室は藤田家の泰三の部屋のちょうど真向かいにあり、物干しの置かれたベランダもある。

（そうか……俺の部屋のほぼ正面で、紗貴さんは寝ているんだな）

泰三の体に、何かがぞろりと這いあがってくる。

「これなんです」

紗貴の触ったタンスが壁の一部を占めていて、この後ろにコンセントがあるのだろう。

「これは、ひとりでは無理ですね。じゃあ、二人でやりましょう。俺がこっちを持ちますから、山口さんはそちらを……コンセントが見えるところまでずらせばいいですね」

「はい。お願いします」

「行きますよ」

ここは男の力がどれほどのものかを、知らしめたい。

泰三はぐっと丹田《たんでん》に力を込めて、腰を落とす。

「せいの！」

タンスを持ちあげて、こちらに引っ張る。一回では動かなかった。二度目にどうにかしてずれる。それを数回繰り返すと、

「ああ、出てきました。止めてください」

紗貴は現れたコンセントを見せて、

「これで、大丈夫です。ありがとうございました」

深々と頭をさげる。そのとき、ワンピースの胸元にゆとりができて、たわわな乳房の丸みがのぞいた。泰三はドキッとしながらも、平静を装った。

「いえいえ、お隣さんですから」

「お手数をおかけしました。よろしければ、コーヒーでも飲んでいってください。それとも、紅茶か緑茶がよろしいですか？」

「すみませんね。コーヒー派なんで」

「よかったわ。わたしもコーヒー派なんですよ」

紗貴が微笑んだ。その優美な顔の額にじんわりと汗が滲んでいて、それがまた泰三の男心をかきたてる。

二人は階下におりていき、泰三は勧められるままに、ロングソファに腰をおろした。キッチンで、紗貴がドリップ式のコーヒーを淹《い》れはじめる。

力仕事をしたあとで暑いのか、カーディガンを脱いでいた。今日は春にしては暖かいから、寒さは感じないのだろう。ノースリーブのワンピースを着ていて、その二の腕や胸のふくらみに色気を感じてしまう。

先日、奈々子に口内射精してから、女性を見る目が変わってきたように感じる。長い間眠っていたオスの本能が目を覚ましたのかもしれない。

紗貴がコーヒーを二つ運んできて、センターテーブルに載せた。そして、紗貴は直角の位置の一人用ソファに腰をおろした。

「いただきます」

泰三は香りを味わってから、一口飲んだ。

「美味《おい》しい……！　コクがあるのに、さっぱりしている。淹れ方がお上手ですね」

「いえ……たんにコーヒー豆がいいだけです」

「いや、いや……淹れ方がお上手なんですよ」

「ありがとうございます」

紗貴がコーヒーを飲みながら、言った。

「お嫁さんの、奈々子さん。感じのいい方ですね。清楚で、控えめで……お義父さまとしても、ご自慢のお嫁さんでしょう」

「そうですね。身内を褒めるようであれなんですが、理想的な嫁です」

「よかったですね。ご主人とも当然、仲がいいんでしょうね」

やけに踏み込んでくるなと思いつつも、曖昧に答えた。

「……ええ、まあ……」

「……何かあるんですか？」

「いえ、ないです。夫婦仲はいいと思いますよ」

「そうですよね。羨《うらや》ましいご家族だわ。お子さんはいらっしゃらないんですか？」

「そうなんですよ。早く孫の顔を見たいんですがね……そればっかりは、天の授かり物ですから」

「そうですね。わたしも子供ができなくて……子供がいたら、また変わったんでしょうけど」

そう言う紗貴の顔に暗い影が落ちた。

「俺も妻を二年前に亡くしていますからね……独り暮らしを心配して、二人が来てくれたんですよ。今じゃ、奈々子さんが俺の女房代わりです」

「奥さん代わり……？」

「いえ、冗談ですよ」

泰三は本心を笑いで誤魔化した。

ふと見ると、紗貴の足が組まれていて、ワンピースのずりあがった裾から、右側の太腿がかなり際どいところまでのぞいてしまっている。

泰三はいけないと思いつつも、ついついそこに視線をやってしまった。

するとと、視線を感じたのだろう、紗貴が組んでいた足を解いて、ぴっちりと膝を合わせた。

これ以上いると、邪《よこしま》な思いが募ってしまいそうで、泰三はコーヒーを飲み干して、立ちあがった。

「そろそろ帰ります」

「もっと、いらっしゃればいいのに。わたしは時間が余っていますから」

「……また、何かあったら、遠慮なく呼んでください。いつでも飛んできますから」

泰三は玄関に向かった。そのあとを追ってきた紗貴が、

「今日はありがとうございました」

深々と頭をさげる。

「では、また呼んでください」

泰三はほくほくした気分で外に出た。

3

一週間後、博志が宇都宮への一泊二日の出張で、家を空けた。

泰三には待ちに待った出張だった。この前のつづきをできるかもしれないのだ。この日に備えて、泰三はある準備をしていた。

奈々子はいつもと変わらない様子で、家事をしていた。しかし、泰三はいつもどおりとはいかなかった。

夜が来るのが待ち遠しくて、そわそわしてしまう。

夕食を終え、風呂にもつかり、泰三は奈々子が風呂に入って、二階にあがってくるのを待った。

階段をあがる足音が大きくなり、奈々子が部屋の前を通りすぎようとしたとき、泰三は思い切って行動に出る。

「奈々子さん、ちょっと話があるんだが……いいか？」

ドアを開けて声をかけた。

「よろしいですが……」

奈々子がうつむきながら、泰三の部屋に入ってきた。

驚いた。いつものパジャマとは違って、シルクベージュのふわっとしたネグリジェを着ていた。

このネグリジェはだいぶ前に、まだ博志との仲が良好なときに、見たことがある。シルクの光沢のあるもので、肩から胸にかけて刺しゅうが入っている。

ノーブラなのだろう。たわわな胸のふくらみの二カ所に、小さな突起がそれとわかるほどにせりだしていた。歩くとシルクが肌に密着して、左右の太腿と下腹部の窪みがはっきりとわかる。

その姿を見て、奈々子も内心で期待しているのだと感じた。そうでなければ、夫が留守をしているときに、こんな男を挑発するような格好はしないだろう。

「ちょっと、待って」

泰三は窓のカーテンを閉めた。

いつもは隣家に明かりが灯《とも》っているのだが、今夜に限って、外出しているのか、どの部屋からも明かりは洩れていない。

「今夜も、博志は女と逢っているんだろ？」

振り向いて訊いた。

「はい、たぶん……それとなく、スーツケースを調べてみたんですが、コンドームが隠してありました」

「そうか……出張ごとに、浮気をするとはね。ひどい男だ。俺がそれとなく言い聞かせようか？」

「……もう少し考えさせてください。博志さんが女に振られることだってありますから」

「それを待っているのか？」

「……今のところは」

「可哀相《かわいそう》に……。あいつのことなんか忘れてしまいなさい」

シルクのネグリジェを着た奈々子は、髪も解いていて、かるくウエーブした黒髪が肩や胸に枝垂れかかっている。

泰三はこらえきれなくなって、奈々子を正面から抱きしめた。

「あっ……いけません」

「いいんだよ。あなたが悪いんじゃない。俺が悪いんだ。奈々子さんは拒んだ。だけど、性欲に駆られた義父が無理やりした。奈々子さんは悪くないんだ」

耳元で囁き、顔を寄せると、奈々子が目を閉じた。

泰三はかるく唇を重ねる。すると、焦れたように奈々子が唇を強く合わせてきた。こらえていたものが、堰を切ったようにあふれだす感じだ。

キスを終えて、奈々子をベッドに寝かせる。

ネグリジェの裾が乱れて、むっちりとした太腿がちらりと見えた。

覆いかぶさっていくと、奈々子が下から見あげながら言った。

「最後まではダメですよ」

「ああ、わかっている。本番はしない。だから、奈々子さんも安心して身を任せてくれ」

泰三はシルクに包まれた両腕を押さえつけたまま、顔を寄せて、唇を合わせる。

誘うように唇をついばみ、舌を少し入れた。すると、奈々子は舌をからめてくる。

泰三は応戦しながら、腕を放す。と、奈々子の腕が背中にまわって、ぎゅっと泰三を抱き寄せる。

キスをしながら、片方の膝を足の間に割り込ませた。奈々子は左右の太腿で泰三の足を挟みつけて、腰をよじりながら、すりすりと擦ってきた。

すべすべの柔らかなシルクがすべっていく感触がこたえられない。

長いキスを終えて、泰三は乳房をつかんだ。

ネグリジェ越しに、ノーブラのふくらみの弾力を感じる。まわし揉みすると、シルクがすべり、柔らかな乳肉が弾み、頂上の突起がわかる。

シルク越しに、その突起にしゃぶりついた。れろれろろっと舌を走らせると、

「んっ……んっ……あっ……ぁあああうぅ」

奈々子が顎をせりあげ、その声を押し殺そうと、手の甲を口に当てた。

(少しくらい声をあげても、大丈夫なのに……しかし、この仕種が色っぽいな)

泰三は表情を見ながら、突起に舌を這わせる。舐めたところが、唾液が付着して乳首に張りつき、赤く色づいた突起が透けだしている。

(これが、奈々子さんは弱いんだよな)

泰三は乳首を強めに舌で弾き、もう一方の乳房を布地ごと揉みあげる。

次は、反対側の乳首を舐め、もう片方の乳房を揉みあげる。それをつづけていくうちに、

「ぁあああ、あああ……お義父さま、おかしくなる。わたし、おかしくなる……ぁあああ」

奈々子は仄白い喉元をさらして、手の甲を口に添える。

そうしながら、下腹部をぐぐっとせりあげる。薄いシルクの張りつく太腿とその窪

みが、何かをせがむように持ちあがってくる。

　泰三は布地越しに乳首をしゃぶりながら、右手をおろしていき、ネグリジェの裾をまくりあげた。

　なかには、白いレース刺しゅうのパンティを穿いており、中心に指を添えると、そこはすでにたっぷりと蜜を吸って、湿っていた。

「奈々子さん、ここが濡れてるぞ。どうして、こんなに濡らしているんだ？」

　顔をあげて、わかっていることを訊いた。

　奈々子は羞恥の極限とでも言うように顔をそむけて、ぼそっと言った。

「……いじめないでください」

「いじめてるわけじゃないよ。言ってごらん。どうして、こんなに濡らしている？」

「……それは……お義父さまが触るから」

「どこを？」

「……乳首を」

「乳首が感じるのか？」

　奈々子はこくんとうなずいて、ぎゅっと唇を噛みしめる。

「ここも、感じるのかな？」

泰三は表情を見ながら、パンティ越しに湿地帯を指でなぞる。すべすべした感触の内側に、ぬるっとした柔肉の狭間を感じる。

強めになぞりあげて、上方の突起をさぐりあてた。そこを円を描くように捏ねると、

「んあっ……！」

奈々子はビクッと震えて、顎をせりあげる。

やはり、乳首とクリトリスが強い性感帯なのだ。

シルクベージュのネグリジェを押しさげる。もろ肌脱ぎにされたネグリジェが腰までおりて、たわわな乳房がこぼれでた。

あらわになった乳房を揉みしだきながら、パンティの基底部をなぞる。

「ぁあああ、お義父さま……ダメです。ダメっ……」

口ではそう言いながらも、奈々子はぐいぐいと下腹部を突き出してくる。

白いパンティの基底部にティアドロップ形の濃いシミが浮き出て、そこを中心になぞるうちに、シミはますますひろがって、

「ぁあああ、焦れったい。お義父さま、焦らさないでください」

奈々子がもどかしそうに腰をくねらせる。

「奈々子さんはほんとうに感じやすいね。お淑やかな女がこんなに露骨に欲しがった

ら、ダメじゃないか。慎みがないぞ」

泰三はパンティに手をかけて、一気に引きおろした。足先から抜き取ると、濃い恥毛があらわになって、

「いやっ……！」

奈々子が膝を引きつけて、中心を隠した。

足を開かせて、泰三は翳りの底に貪りつく。甘酸っぱい性臭を放つ恥肉を舐めあげると、

「あんっ……！」

短く喘いで、奈々子は足を内側によじった。

泰三は両腿を開かせて、さらに中心に舌を走らせる。ぬるぬるした粘膜を舌がすべっていき、

「ああん……！」

奈々子は喘いで、口許《くちもと》に指を持っていって、手の甲を押しつける。

光沢のあるネグリジェが腰のあたりで丸まっていて、乳房の丸みも下腹部の翳りもさらされてしまっている。全裸よりも、シルクベージュのネグリジェが腰にまとわりついているほうが、ずっと色っぽく、男の劣情をかきたてる。

泰三は時々、反応をうかがいながら、濡れ溝を舐めた。

波のような形のふっくらとした肉びらが左右にひろがって、鮮紅色にぬめる内部が顔をのぞかせている。複雑な肉襞を何度も舐めた。そのたびに、奈々子は敏感に応えて、がくっ、がくっと震える。

もともと感受性が強いのだろうが、博志に相手にされていないことで、いっそう肉体の渇きが強くなっているのだろう。

ぬるぬるの粘膜を舐めあげていき、そのまま、上方の陰核を舌でピンと弾いた。

「あんっ……！」

奈々子は腰を撥ねさせて、後ろ手に枕をつかむ。

包皮を剝いたほうが感じるはずだ。陰核の上に指を添えて引っ張ると、つるっと皮が外れて、本体があらわになる。

珊瑚《さんご》色にぬめるポリープのような小さな突起を、舌であやした。

ゆっくりと上下になぞり、細かく左右に弾いた。

チューッと吸い込んで、吐き出し、唾液まみれの真珠をもう一度、じっくりと舐める。

そうしながら、膣口を指でなぞりまわした。外側だけで、挿入はしない。

焦らし効果が出てきたのか、

「ぁあああ、もう……もう、欲しい。お指をください」

奈々子が下腹部を持ちあげて、哀願してくる。

このときを待っていた。

「待っていなさい。いいものを用意してあるから」

泰三はベッドを離れて、サイドテーブルの引き出しにしまってあったバイブレーターを取り出す。

全体が半透明のピンクで、そら豆に似た亀頭部や、浮き出た血管も、本物そっくりだ。リアルなのに、かわいい。女性がいやがらないようにできている。

あれから、これが欲しいと思い立って、すぐに通販で購入したものだ。

グリップについているスイッチを入れると、全体が振動し、根元から透け出た多くの球が回転し、本体がくねくねと頭を旋回させる。

それを見た奈々子が、ハッと息を呑む。

「あれから、通販で買ったんだ。もちろん、使うのは初めてだ。俺のペニスの代わりだ。奈々子さんのために買ったんだ。使っていいかな？」

訊くと、奈々子は呆然とした顔でくねるバイブを見ている。

「本番はしない。だけど、奈々子さんにはイッてほしいんだ。いやなら、やめる。どうかな？」

「……お、お好きなようになさってください。女性としては答えにくいです」

そう言って、奈々子が目を伏せた。

(これは、承諾したと受け取っていいんだろうな)

泰三はベッドにあがって、いったんバイブレーションを止めた。

「濡らしたほうがいいと思うんだ。できたら、奈々子さんに舐めてほしい。もちろん、よく洗ってある。いやなら、しなくていい」

おずおずと切り出して、返事を待った。

「ください」と奈々子がバイブを受け取って、

「見ないでくださいね。恥ずかしいから」

ちらりと泰三を見てから、ベッドに背中を見せる形で座った。

それから、両手でバイブを持ち、屈むようにして舐めはじめた。縦に舌をつかっているようだったが、やがて、頬張ったのか、顔を上下に振りはじめた。

後ろ向きで、長い髪を肩や背中に散らして、バイブを頬張っている奈々子を見て、泰三のイチモツはギンといきりたつ。

（このまま押し倒して、後ろから犯したい）

強烈な欲望と戦っているうちにも、奈々子はバイブを吐き出して、こちらを向き、

「これで、大丈夫だと思います」

バイブを差し出してきた。

本物そっくりの半透明のバイブが、唾液でまみれて、ぬらぬらと光っている。

泰三はそれを受け取って、奈々子を仰臥させ、腰にまとわりついているネグリジェを脱がした。

一糸まとわぬ姿に剝かれて、奈々子は乳房を肘で隠す。

三十二歳の裸身は伸びやかだが、適度に脂肪がのって、胸も尻もデカい。そのくせ、ウエストは細いから、ボディラインの曲線が男をかきたてる。

（こんないい身体をしているのに、なぜ博志は？　マンネリとは恐ろしい……）

泰三は足を開かせて、もう一度、恥肉を舐めた。

ふっくらとしてはいるものの、どこか楚々とした感じを抱かせる女性器だった。

向かって右側の陰唇がやや大きく、分厚く、褶曲《しゅうきょく》が多い。

舐める前から、すでにたっぷりの蜜をたたえて、全体が妖《あや》しいほどにぬめ光っていた。おそらく、バイブを舐めながらも、どこか昂奮していたのだろう。さもなければ、

こんなに濡れない。

泰三は数回、舌を往復させて、上体を起こした。

いきりたっているものを挿入したかった。しかし、それをぐっと抑えて、バイブを押し当てた。

まずは振動させずに、陰茎が入ってくる感触を味わわせたかった。ゆっくりと押し込んでいく。膣口を本物に似せた亀頭部がじっくりと押し広げていき、それを突破すると、ぬるぬるっと奥へと嵌まり込んでいき、

「ぁあああうぅぅ……！」

奈々子が眉を八の字に折って、顔を撥ねあげる。

まだ挿入しただけなのに、膣肉がくいっ、くいっとうごめいて、バイブを内へ内へと引き込もうとする。

(おおぅ、すごい……これが、俺のものだったら……！)

泰三の分身がますますいきりたつ。

スイッチを入れると、ヴィーン、ヴィーンとくぐもった音を立てて、バイブが振動しながら、頭部をくねらせているのがわかる。

「ぁあああああ……！」

奈々子が口をいっぱいに開いて、シーツを鷲づかみにする。

「どうだ、気持ちいいか?」

「はい……気持ちいい……大きくてつらいけど、気持ちいい……」

「ひさしぶりなんだな?」

「はい……これが欲しかったんです。満たしてほしかった。寂しくて、おかしくなりそうでした」

「そうか……息子の代わりに謝らせてくれ」

そう言いながらも、ゆっくりと抜き差しをする。

「ぁあああ、ああああ……」

「きついのか?」

「はい、大きくて、きつい……」

「そうか……」

泰三はあまり出し入れをせずに、バイブを深くおさめたまま、振動するベロをクリトリスに押しつける。

バイブは二股に分かれていて、小さいほうのウサギの耳を模した二つのベロが激しく上下に動いて、クリトリスを刺激するようにできていた。

それをクリトリスに当たるように角度を調節する。ベロが陰核を打ち、奥におさまった亀頭部がうねうねと動いて、奥をひろげ、小さな球の入っている根元の部分が回転して、入口を擦る。

「ぁあああ、あああああ……いいの。いいんです……」

奈々子が左右の足をはしたなくくの字に開いている。鼠蹊《そけい》部がかすかに振動しているのがわかる。

そのとき、泰三の頭にひとつのアイデアが浮かんだ。

「奈々子さん、悪いが、俺のあれを咥えてくれないか？」

「どうやって？」

「こうだ」

泰三は下半身を見る形で奈々子の顔をまたいで、いきりたつもので口を押した。すると、奈々子は唇を開いて、イチモツを舐めはじめる。

「大丈夫そうか？」

奈々子がうなずき、泰三は肉柱を口に押し込んでいく。

すると、奈々子は切っ先が喉を突かないように、根元を握った。調節しながら、舌をからませていたが、やがて、指を離して、頬張ってきた。

泰三はえずかせないように気を使いながら、奈々子と反対を向く形で覆いかぶさり、バイブが外れないように根元の底を押す。

奈々子は今、下の口にバイブを呑み込みつつも、上の口でも、本物の肉柱を頬張っている。

下の口も上の口も、ペニスを受け入れている奈々子に、泰三はひどく昂奮した。

イチモツがさらにギンギンになって、奈々子の口腔をうがった。

泰三がバイブをさらに深く押し込むと、

「うぐっ……！」

奈々子は低く呻きながらも、震えはじめる。

(イクのか？　イクんだな)

泰三はかるく腰を振って、屹立を口腔に押し込みながら、バイブを抜き差しした。

「んんんっ、うがが かっ……」

奈々子がえずきながらも、足をピーンと伸ばし、がくん、がくんと躍りあがった。

それから、精根尽き果てたように全身の力をゆるめた。

4

泰三は勃起を頰張らせたまま、確かめた。

「イッたんだな？」

奈々子が恥ずかしそうにうなずく。

泰三がバイブを抜こうとすると、膣の入口が、抜かないでとでも言うようにからみついてきて、腰も浮く。

体内から抜き取られたバイブは、とろりと白濁した蜜と透明な蜜の混合で、妖しいほどにぬめ光っている。

泰三が口腔からイチモツを抜こうとすると、それを奈々子が止めた。

そして、下からイチモツを吸い、舌をからませてくる。

「ああ、ダメだ。そんなことされたら、したくなってしまう」

泰三は思わず訴えていた。すると、奈々子が肉棹を吐き出して、泰三を見あげてきた。

「これが欲しい……」

勃起をつかんで言う。

「いいのか？」

「はい……本物が欲しい。お義父さまのこれが欲しい」

まさかの答えを返しながら、奈々子は唾液まみれのイチモツを握りしごく。

バイブを受け入れて、ヴァギナの悦びを思い出してしまったのだろう。

冷たいバイブよりも、体温のあるペニスのほうがいいに決まっている。

奈々子の気持ちが変わらないうちにと、泰三は急いで、下半身のほうにまわった。

膝をすくいあげて、開かせる。そうしておいて、右手で屹立を濡れ溝へと導いた。

寸前までバイブの蹂躙《じゅうりん》を受けていた女の花園は、薔薇《ばら》色の花を咲かせていた。中心には真っ赤な粘膜がのぞいている。

全体が蜜で光っていて、陰毛にも粘液が付着していた。

てかつく亀頭部を押し当てると、奈々子が焦ったように言った。

「一度だけにしてくださいね」

「ああ、わかった」

泰三も自分が禁断の実を食そうとしていることは、重々承知している。だから、人の道に反したこの行為が永続的なものだとは考えていない。

もしかしたら、これが最初で最後になる。

だからこそ、禁断の実を味わい尽くしたい。

泰三は亀頭部で膣口をさぐる。ひさしぶりのせいか、なかなか位置がつかめない。

それでも、窪みを見つけて、慎重に押し込んでいく。それが窮屈なとば口を押し広げていく確かな感触があって、

「うあっ……！」

奈々子が短く喘いだ。

なおも奥へと押し込んでいくと、鋼のように硬くなった分身が、体内を突き進んでいき、おさまりきった瞬間、

「ぁあああぁぁ……！」

奈々子はいっぱいに顔をのけぞらせて、大きく開いた唇をわななかせる。

（ああ、これがオマ×コだったか……！）

泰三はもたらされる甘い快感を味わった。

まだ挿入しただけなのに、粘膜がざわめいて、くいっ、くいっと分身を吸い込もうとする。

しかも、なかは熱いと感じるほどに温かく、まったりとからみついてくる。

（こんなにいいものだったんだな）

不思議なことに、強い罪悪感はない。この瞬間、泰三は奈々子をひとりの女性として見ていたからだ。

（ああ、天国だ。俺はこんな素晴らしいものを忘れていた）

肉柱が粘膜に馴染んできて、泰三は慎重に腰をつかう。

奈々子の両膝の裏をがしっとつかんで開かせ、ゆっくりと抜き差しをする。亀頭部が奥に当たると、

「あんっ……！」

と、奈々子は顔をのけぞらせ、引いていくと、

「ぁあああん……」

下腹をせりあげてくる。

泰三自身もわずかな動きで、快感がひろがってくるのを感じた。

（ひょっとして俺たちは、セックスの相性がいいのではないか？）

泰三はそう直感した。

決して多くはないものの、何人かの女性とつきあってきた。

セックスが合わなくて、情熱が冷めるということはなかった。だが、何かあったと

きに、セックスの相性がいい場合は、何とかして破綻を免れようと必死になる。そういう意味で、セックスの相性がいいほうが関係は長続きする。

だが、奈々子は息子の嫁であり、たとえセックスの相性が良くても、関係をつづけることは、お互い命取りになる。

しかし、今この瞬間だけは、最高の快楽を味わいたい。

泰三はじっくりと抜き差しをしながら、奈々子の表情を鑑賞する。

突き入れると、「あっ！」と白い喉元をさらす。

引いていくと、抜かないで、とでも言うように腰がせりあがってくる。

打てば響く身体をしている。しかも、貪欲だ。

普段は控えめでやさしく、清楚だ。それなのに、いざ閨《ねや》の床になると、肉体が快楽を求めて、仮面を脱ぎ捨てる。

（二人が恋人か夫婦だったら、とことんかわいがってやるのに……）

口惜しい気持ちをぶつけて、徐々にストロークのピッチをあげていく。

開いた両膝を押しつけられるようにして、しどけない格好をした奈々子が、翳りの底を抜き差しされて、

「ぁあああ、あうぅぅ……」

右手の甲を口に添えて、顔をいっぱいにのけぞらせ、顔を右に振ったり、反対側を向いたりする。そのたびに、長い髪も散る。

泰三がズンッと突くと、ぶるん、と乳房が揺れて、

「あんんっ……！」

奈々子は左手でシーツをつかんだ。

腰を大きく振って、屹立を深いところに打ち込む。それをつづけると、

「あん、あん、あんっ……ぁああ、お義父さま、おかしくなる。そんなにされたら、おかしくなる……ぁあああうぅぅ」

奈々子は両手で後ろ手に枕をつかみ、腋の下や乳房をあらわにして、激しく首を横に振る。

このままストロークをつづけたら、奈々子はイクかもしれない。だが、その前に、泰三が射精してしまうだろう。

膝から手を離して、覆いかぶさっていく。

女体を抱きしめながら、キスをする。奈々子もそれに応じて、自ら舌をからませてくる。

泰三は舌をかわいがりながら、ゆるく腰をつかう。

ほぼ密着した姿勢で、徐々にストロークを強くしていく。

「んんっ、んんんん……！」

奈々子はくぐもった声を洩らし、足を大きくM字に曲げて、屹立を深いところに招き入れながらも、一生懸命に舌をからめてくる。

長いキスを終えて、泰三は覆いかぶさるようにして抱きしめながら、肉棹でずりゅっ、ずりゅっと擦りあげていく。

とろとろに蕩けた粘膜が行き来する勃起にまとわりつき、締めつけも強くなって、
泰三は耳元で囁いた。

「奈々子さん、あなたは最高の女だ。あなた以上の女はいない」

「たとえお世辞でもうれしいです」

奈々子がはにかむ。

「お世辞じゃない。ほんとうのことだ。自分に自信を持ったほうがいい」

「ありがとうございます……ぁあああ、あんっ、あんっ！」

ストロークを強めると、奈々子がぎゅっとしがみついてきた。

汗ばんできた裸身を抱き寄せながら、つづけて打ち込むと、泰三はまた放ちそうになった。あわてて、動きを止め、今度は腕立て伏せの体勢になる。

上から奈々子の顔を見ながら、徐々に打ち込みのピッチをあげる。

「あんっ……あんっ……ぁあんん……ぁあああ、お義父さま、我《わ》が儘《まま》を聞いていただけますか？」

奈々子がとろんとした瞳で、見あげてきた。

「何だ？　いいぞ。何でも叶《かな》えてやる」

「あの……乳首を、いじってください」

「わかった。そうすると、イキやすくなるんだな？」

「はい……」

奈々子が恥ずかしそうに目を伏せる。

泰三は右手で乳首を捏ねる。唾液をつけた指で、尖《とが》っている乳首を左右にねじった。

それをつづけると、奈々子の様子が逼迫してきた。

「ああ、気持ちいい……お義父さま、気持ちいいんです」

奈々子が顔をのけぞらせる。

ならば、もっと感じさせてやりたい。

泰三はぐっと姿勢を低くして、乳首にしゃぶりついた。カチンカチンにしこっている突起を舌でれろれろっと転がし、吸った。

そうしながら、引いた腰を突き出して、くいっ、くいっと膣を突く。

すると、それがいいのか、奈々子はますます顎をせりあげて、

「あんっ、あんっ……ああ、すごい……お義父さま、すごい……ぁあああ、はうぅぅうぅ」

心から感じているという声を放つ。

(よし、これなら……)

泰三は一方の乳首をしゃぶりながら、もう片方の乳首も指で捏ねる。そうしながら、屹立を押し込んでいく。

「ぁああ、もうダメっ……イクわ。また、イク……いいですか？　お義父さま、イッていいですか？」

奈々子がせがんでくる。

「いいぞ。イキなさい……そうら……」

泰三が乳首を舐めながら、腰をつかったとき、

「ぁあああ、イク、イク、イッちゃう……イキます……いやぁあああぁぁぁぁ！」

奈々子はのけぞりながら嬌声を張りあげる。

断続的に身体を揺らし、一陣の嵐が通りすぎると、ぐったりして動かなくなった。

気を遣ったのだ。しかし、泰三はまだ射精していない。

いったん結合を外して、奈々子を這わせた。

オルガスムスの余韻を引きずった奈々子は、緩慢な動作で四つん這いになる。

泰三は腰をつかみ寄せながら、尻たぶの谷間に沿って屹立をおろしていき、沼地へと押し込んでいく。

「ぁああ、また……くっ！」

奈々子が顔をのけぞらせて、背中を弓なりに反らした。

ハート形の肉の詰まった臀部の底に、泰三の分身が嵌まり込んでいるのが、はっきりと見える。

泰三はくびれたウエストをつかみ寄せて、ゆったりと沈み込ませていく。

見えていた根元が消えて、切っ先が深いところに埋まっていき、

「ぁあああ、すごいわ。お義父さま、すごい……わたし、もうおかしい。おかしいの……ぁあああ、ください」

そう言って、奈々子は自分から腰をつかう。

全身を揺すって、尻を突き出し、屹立を行き来させて、

「ぁああ、あああぁ……いいんです。お義父さまのいいんです。ぁあああ、恥ずかし

い……止められないの。わたし、止められません……ぁああ、あんっ……あんっ……あんっ……」

奈々子が喘ぎながら、尻を突き出してくる。

あの奈々子が自分から快楽を求めて、あからさまな欲望をぶつけてくる。その姿に泰三も一気に昂った。

がっちりとウエストをつかみ寄せながら、硬直をぐい、ぐいっと突き刺していく。

上体を低くした奈々子は、突かれるたびに乳房をぶるん、ぶるんと波打たせながら、高まっていく。

「あんっ、あんっ、あんっ……こんなことされたら、またイッちゃう！　ぁあああ、お義父さまも出してください」

「いいのか？」

「わたし、妊娠しないみたいなんです。だから、子供が……ください。大丈夫です。中出ししても……ください。ください」

「行くぞ。中出しするぞ」

「はい……ぁああ、もっと強く……そうです。そのまま、奈々子をメチャクチャにして……ぁあああ、もっと……あんっ、あんっ、あんっ」

奈々子は肘に顔を伏せて、背中をしならせる。

膝を大きく開いているせいか、膣の締めつけが強い。

力を振り絞って打ち込んでいくと、泰三のなかにも射精前に感じる甘い陶酔感がせりあがってきた。

(出すのか? 息子の嫁に中出しするのか? いいんだ。奈々子さんがそう言っているんだから、出していいんだ!)

泰三は坂道を駆けあがっていく。

射精したくなって、こうすれば高まるという角度と深さで、後ろから強く叩きつけた。

パチン、パチンと乾いた音が立って、

「あんっ、あん、あんっ……ぁあああ、イキます。お義父さまも……ください!」

「おおぅ、奈々子さん、いくぞ。出すぞ……ぉおおお!」

吼えながら、しゃかりきになって打ち込んだとき、

「イク、イク、イキます……いやぁあああああぁぁぁ!」

奈々子が、外にも聞こえるのではないかと心配になるほどに絶叫して、がくん、がくんと揺れる。

今だとばかりに深いところに打ち込んだとき、泰三も放っていた。熱い男液が奈々子の体内にぶちまかれて、ツーンとした稲妻が脳天まで駆けあがった。

打ち尽くして、泰三はゆっくりと引き抜く。

すると、内部から白濁液がこぼれでて、シーツにしたたった。

第三章　妖しき未亡人

1

博志は二人の関係に気づいていないようだった。それはそうだ。

自分の父親がまさか嫁を抱いているなど、息子は想像だにしないだろう。

自分がそのおぞましいことを平然として実行していられることに、その面の厚さに、泰三自身も驚いていた。

しかも、絶対にしてはいけないことをしながらも、泰三は生きる張り合いを見つけた気がしていた。

最近は何をするにもやる気が湧いてきて、再就職活動にも力が入る。

のんべんだらりとした生活をしていては、奈々子に顔向けができない。一生懸命に働いてこそ、奈々子の男になる資格を得られるのだ。

そう考えるようになった。

その夜、泰三は夕食を終えて、自分の部屋に戻った。

今夜は博志も定時で帰ってきて、今はリビングで寛いでいる。泰三は息子と長い間、顔を合わせているのがつらくなって、二階にあがった。

窓辺に立って、ふと思う。

(今夜、博志は奈々子にやさしかったから、もしかして、今夜あたり、奈々子を抱く気ではないか?)

そう嫉妬している自分に気づき、

(それならそれでいいじゃないか。夫婦仲が戻れば、それに越したことはないのだから……そうなったら、もう自分の出番はなくなる)

複雑な気持ちで、窓から星々を眺めていると、隣家の二階に明かりが灯った。

ここの真正面で、山口紗貴が寝室に使っている部屋だ。

明かりが点いた部屋に、紗貴が入ってきた。

ベランダがついているが、そのフェンスはアルミ柵でできているから、目隠しにはなっていない。それに、カーテンも開け放たれているから、なかの様子がつぶさにわかる。

当然、向こうからもこの部屋が丸見えだろう。

盗み見していると思われるのがいやで、泰三はカーテンを閉める。だが、閉め切ってしまったら、まったく見えなくなる。

五十センチほど開けて、その隙間から、紗貴の様子をうかがった。

この謎の未亡人に興味があった。

最大の疑惑は、彼女が引っ越してから、博志は二度主張に出かけたのだが、なぜかその夜は、隣家の部屋の明かりが点かないことだ。

(もしかして、博志の不倫相手はこの女じゃないか？　博志の出張先で落ち合って、密会しているのではないか？)

そう疑ったこともある。

しかし、まさか博志の愛人が、その不倫相手の隣家にわざわざ引っ越したりしないだろう。当然、自分の存在を家人には知られたくないわけだから、むしろ、近づかないはずだ。

それに、紗貴は他の夜にも帰宅しないときがあったから、博志の出張のときに限ってとは言えない。

だから、これは偶然の一致だろう。

そう思うことにしたものの、ひょっとしてという疑惑は完全に頭から去ったわけではない。それゆえに、紗貴という存在の正体を知りたかった。

紗貴は外出から帰ってきたところなのだろう。

ツーピースのフォーマルなウエアだった。

(どこへ行ってきたんだろう？　どこかの会社の面接でも受けてきたのだろうか？　それとも、博志とどこかで逢ってきたのだろうか？　いや、そんなはずはない。博志はもうとっくに帰宅している)

カーテンは開けられたままだから、紗貴が服を脱ぐ姿が見えた。

上着を脱いで、ハンガーにかけ、それをクローゼットにしまった。

スカートに手をかけたところで、外から見えてしまうと思ったのだろう。こちらに近づいてきて、カーテンを閉めた。

途中で、こちらをちらりと見た。泰三はとっさにカーテンに身を隠したから、発見されていないはずだ。

しかし、紗貴は何を思ったのか、カーテンを半分ほどしか閉めなかった。しかも、レースのカーテンも閉めていない。

（どういうことだ？）

泰三は不安になって、部屋の明かりのスイッチを消した。

これで、もう泰三の姿は見えないはずだ。

薄暗がりから、隣家を見た。

すると、一メートルほどのカーテンの隙間から、スリップ姿の奈々子が見えた。

黒いショートスリップで、肩にはブラジャーの肩紐とスリップの肩紐が二本ずつ走っている。

部屋には明かりが点いたままで、黒光りするスリップが甘美な光沢を放っていた。

（この上に、普段着を着るんだろうな）

そう予想して見守っていると、まさかのことが起きた。

紗貴はスリップの裏側に手を入れて同じ黒のパンティをおろして、足踏みするように足先から抜き取った。

さらに、手を背中にまわして、ブラジャーのホックを外し、器用にブラジャーだけを抜き取ったのだ。

（どういうことだ？　ノーパン、ノーブラじゃないか？）

パンティを穿きかえるのかとも思った。だが、紗貴は下着をつけずに、そのままべッドに腰かけた。

半分ほど開いたカーテンの隙間から、ほぼ正面の壁際に置いてあるベッドに座って、足を組む紗貴の姿が、掃きだし式のサッシの透明ガラスを通して、はっきりと見える。

紗貴は煙草を咥えて、ライターで火を点けた。そして、細長い女性に人気の銘柄の煙草を美味《うま》そうに吹かす。

（えっ……？　紗貴さんは煙草を吸うのか？）

これまで、紗貴が喫煙するところは見ていなかった。

長い指に煙草を挟み、足を組んで、フーッと紫煙を吐きだす紗貴は、これまで見た紗貴とは違い、倦怠と官能に満ちている。

それから、煙草を灰皿に押し潰すと、黒のスリップの肩紐を左右に外して、スリップを腹までさげた。

（おっ……！）

と、泰三は心のなかで声をあげる。

真っ白で、形のいいたわわな乳房が丸見えだった。

そして、紗貴は左右の腕を前で交差させるようにして、胸のふくらみを揉みはじめた。

奈々子より豊かに見える量感あふれる乳房を下から揉みあげ、さらに、乳首をつまんだ。くりくりと転がしながら、顔をのけぞらせる。

同時に、組んでいた足を解いた。

右手をおろしていき、黒スリップの裾のなかにすべりこませた。

「……！」

泰三は啞然として、その痴態を眺めていた。

何がどうなったのか、わからない。

(紗貴さんは俺が覗いていることを知って、意識的に見せてくれているのだろうか？それとも、ただたんにオナニーしたくなって、しているだけなのか？)

わからない。しかし、泰三の分身は嘶《いなな》いて、ズボンを突きあげる。

こっちは暗いから、見えないだろう。

窓に顔をくっつけるようにして、五十センチほどの隙間から、そのあられもない姿を凝視する。

紗貴は、照明に浮かびあがった白い乳房を揉みあげ、乳首を指で捏ねながら、顎をせりあげる。

スリップの下に潜り込んだ指も、裾をまくりあげる勢いで、激しく動いているのがわかる。

すらりとした足がぎゅうとよじりあわされる。それから、左右へとひろがっていく。開閉を繰り返しながら、紗貴は明らかに高まっている様子で、顔をのけぞらせる。泰三の心臓はドクドクと強い鼓動を刻み、血液が分身にも流れ込んでいるのがわかる。

思わず、右手をズボンとブリーフのなかへと潜り込ませていた。ものすごい勢いでいきりたっているものを、握った。ゆっくりとしごく。

そのとき、紗貴がベッドに寝ころぶのが見えた。

壁際に置かれたベッドに仰向《あおむ》けになり、片方の膝を立て、乳房を揉みしだく。そうしながら、股間に伸ばした手でそこをさすりはじめる。

黒のスリップがめくれて、下半身がほぼあらわになっていた。煌々《こうこう》とした明かりに浮かびあがる太腿の奥をまさぐりながら、もう一方の手で乳房を揉みしだいている。

おそらく、喘いでいるのだろう。ととのった顔がのけぞり、仄白い喉元がさらされる。

足が閉じられたり、ガニ股に開かれたりする。

紗貴はガラスの向こうで、顎を突きあげながら、高まっていく。

もっとはっきりと見たかった。だが、距離が離れているし、ガラスの反射があって、くっきりとは見えない。それでも、隣家でオナニーをする未亡人の姿を見るのは衝撃だった。

泰三はズボンとブリーフの裏側で、いきりたっているものをしごいた。

数度、擦っただけで、途轍《とてつ》もない快感がうねりあがってきた。

(おぉ、紗貴さん、エロすぎるぞ!)

隣家の寝室では、紗貴も絶頂に近づいているようだった。

指を体内に押し込みながら、乳房を荒々しく揉みしだいている。

顎をぎりぎりまでせりあげて、のけぞっている。

(ダメだ。我慢できない)

泰三はとっさにティッシュを出して、それで勃起の先を覆った。

昇りつめていく美貌の未亡人を眺めながら、強くしごいたとき、熱いものが一気にあふれて、それをティッシュで受け止める。

その数秒後に、紗貴も気を遣ったのだろう。

大きくのけぞって、ブリッジするように尻を浮かした。それから、がっくりと腰を落とした。

2

一週間後、泰三はいつものように、午後九時になると、二階の部屋にあがり、部屋を暗くして、隣家を見た。

今夜、博志は出張で帰宅しない。奈々子を誘うつもりだ。だが、今、奈々子は風呂に入っている。時間はたっぷりある。奈々子を抱くのは、このあとでいい。

この一週間、紗貴は午後九時になると、決まって寝室にあがって、オナニーを見せてくれる。

最初は、泰三の覗きを意識しないで、習慣的にオナニーしているのかとも思った。しかし、いつもカーテンを半開きにしていることを考えると、これはやはり、泰三に見せつけているのだとしか思いようがなかった。

紗貴がなぜこんな露出ショーを披露してくれるのか、泰三には理解できない。もしかして、隣に住む初老の男を翻弄《ほんろう》して、愉しんでいるのかもしれない。あるいは欲求不満に耐えきれずに、泰三を誘っているのか？　だとしたら、今度隣家を訪ねていっても受け入れてくれるのではないか？

しかし、泰三には今、奈々子がいる。隣家に引っ越してきた未亡人に手を出すのは、絶対にダメだ。

九時を少し過ぎたとき、隣家の寝室にいつものように明かりが灯った。

驚いた。いつもと違うのは、紗貴以外に、若い男がいたことだ。

（紗貴さんに、こんな若い恋人がいたのか？）

もちろん、美貌の未亡人である。恋人がいたところで、不思議ではない。

（そうか……やはり、紗貴さんは博志の不倫相手ではなかったのだな。今夜、博志は出張で静岡にいるはずだしな）

疑惑が完全に消えて、胸のつかえがおりた。

スーツを着た男は二十五、六歳だろうか、清潔そうな身なりで、どこかの会社員の営業職にでもついていそうな雰囲気だ。まあまあの美男で、これなら、紗貴が惚《ほ》れてもおかしくはない。

紗貴はベランダに近づいてきて、カーテンを閉めた。当然、全部閉めると思っていたが、閉めたのはいつものように半分で、中央には二人の姿がはっきりと見える。

煌々とした明かりのなかで、二人は抱き合って、キスをした。

（やはり、いつもと一緒だ。自分が抱かれるところを、俺に見せつけようとしているのだ。紗貴さんは、自分のあられもない姿を俺に見せることで、自分も昂奮するのだろう。そうとしか思えない……それなら、それで、こっちも思い切り愉しむまでだ）

泰三は用意していた双眼鏡を持った。今日で使うのは三回目だから、扱いには慣れている。

双眼鏡を目に当て、ダイヤルをまわして、ピントを調節する。

焦点が合って、隣家の寝室が拡大されて見える。

キスはまだつづいていて、紗貴も男も貪るようにして、キスをして、舌を吸い合っている。

キスをやめて、男が何か言い、紗貴がドレッシーなワンピースを足から抜き取った。

いつものように、黒いスリップをつけていた。

裸になった男が背後にまわり、紗貴を抱きしめる。スリップ越しに胸のふくらみを揉みしだき、右手をおろしていく。

ショートスリップの裾をまくりあげるようにして、太腿の奥をさぐり、紗貴が顔をのけぞらせながら、男に背中を預ける。

のけぞりながらも、紗貴はこちらを見ているような気がした。

気のせいではない。実際に、紗貴は男にスリップ姿をまさぐられながらも、こちらをじっと見ているのだ。

部屋の明かりは消してあるから、紗貴には双眼鏡を目に当てている泰三の姿ははっきりとは見えないだろう。完全に消すと動けないので、天井の常夜灯は点けてある。もしかしたらぼんやりと見えるかもしれない。

だが、紗貴はあらかじめ覗かれていることを知っているのだから、多少見えても、双眼鏡のレンズが光ったとしても問題はないはずだ。

紗貴がスリップのなかに手を入れて、黒いパンティを脱いだ。

それから、ベッドにこちらを向いて、座る。

全裸の男が前にしゃがみ、紗貴の片方の足をつかんで、キスをした。ふくら脛に接吻して、そのまま舐めあげていく。

泰三は双眼鏡を使っているから、その様子をつぶさに観察することができた。

紗貴の足が大きくひろがり、むっちりとした太腿の奥に漆黒の翳りがはっきりと見える。

そして、男は白い太腿を舐めあげていき、翳りの底に顔を埋めた。

『あああ……』

と、紗貴が顔をのけぞらせるのが見える。

男が陰毛の下を舐めつづけ、紗貴は足を必要以上に大きく開いて、両手をベッドに突き、下腹部をせりあげている。

泰三はその顔をクローズアップした。

ストレートの長い髪が顔に散り、眉根を寄せているその表情まで、はっきりと見える。誰もが認める、目鼻立ちのととのった本当の美人だ。今はすっきりした眉を八の字に折って、悩ましい表情をしている。

紗貴が立ちあがって、男を立たせ、その前にしゃがんだ。

こちらを意識して、よく見えるようにしてくれているのだろう。男がベッドに直角に立っているので、そそりたつ肉柱とそれに触れている紗貴を、真横から見ることができる。

紗貴が見あげて言葉をかけ、鋭角にそそりたっているものに唇をかぶせていく。

大胆に根元までおさめ、ゆったりと顔を打ち振る。

男が気持ち良さそうに天井を向いて、それを見あげながら、紗貴はさらに大きく、速く、唇をすべらせる。

(すごい。紗貴さんが、あんな大胆に男のペニスを……!)

泰三は双眼鏡の倍率をあげて、紗貴が肉茎を咥えているところをアップで見た。

びっくりするほど、克明に見える。

紗貴のめくれあがった唇が勃起の表面をすべっていく。

時々、ちらっ、ちらっと上を見る。

それから、顔を斜めにして頬張ったので、紗貴の顔がはっきりと見えた。

苦しそうに眉根を寄せて、顔を振るたびに、こちら側の頬がリスの頬袋のようにふくらみ、それが移動する。

(これが、ハミガキフェラか？)

泰三はいまだに女性にしてもらったことがない。

紗貴は丹念に繰り返し、顔を反対側に向けて、ハミガキフェラをつづける。

終えて、一気に深く咥え込んだ。

顔を大きく、速く打ち振る。

それから、右手を添えて、根元を握り込んだ。そのまま、余っている部分に唇を往復させる。

男がもう我慢できないとばかりに、フェラチオをやめさせて、立ちあがった紗貴の黒いスリップをたくしあげて、抜き取った。

こぼれでた乳房、きゅっとくびれた細腰、大きく張り出したヒップと中心の繁茂した恥毛……。

三十六歳という年齢のせいか、奈々子より肉付きがよく、身体の丸みがある。

その熟れた肉体を、男がベッドに押し倒した。

折り重なるようにして、愛撫をはじめる。

3

乳房に吸いつかれて、紗貴が気持ち良さそうに顔をせりあげる。いよいよ本格的なセックスがはじまるというとき、

「お義父《とう》さま……よろしいでしょうか?」

奈々子の声がする。

ハッとして、泰三はカーテンを閉め、あわててドアを開ける。

セクシーなネグリジェを着た奈々子が、立っていた。今夜は白だ。

「すみません。部屋が暗いから、もうお休みになったのかと……」

奈々子が遠慮がちに言う。

「いや、大丈夫だよ。暗くして、奈々子さんが来てくれるのを待っていたんだ」

泰三はとっさに誤魔化す。つい今し方まで、紗貴のセックスを覗き見していたのに……。自分の変わり身の早さに、自分でも驚いた。

「もしお疲れになっていらっしゃるなら、今夜はこのまま……」

「違うよ。ほら、奈々子さんを待っていたら、こんなになってしまった」

泰三は奈々子を招き入れて、パジャマのズボンの股間にその手を導いた。

ほんとうは、さっきまで隣家のセックスを覗いていて、昂奮を引きずっているのだが、事実は絶対に言えない。

それが硬くなっているのをわかったのだろう、奈々子がパジャマ越しに屹立をおずおずとさすってくる。

「お元気ですね。お義父さまのここ、いつもお元気だわ」

奈々子が勃起を握りしごきながら、泰三をきらきらした目で見る。

「いつも、博志の出張が待ちきれなくてね……」

「いけない、お義父さま……」

「そうだ。俺はいけない義父だ。だけど、どうしようもないんだよ。奈々子さんと逢っているだけで、したくなってしまう。だから、いつも我慢しているんだ」

「……わたしだって、我慢しているんですよ」

「そうか!」

「はい……」

そう言って、奈々子はぎゅっと抱きついてくる。

(こんなかわいい嫁がいるのに、隣家の未亡人にたぶらかされるとは……)

泰三も反省して、奈々子の髪を撫で、腰を引き寄せる。

その間も、奈々子はパジャマ越しに屹立を撫でさすっている。

「ふふっ、カチンカチンですよ」

奈々子は微笑み、前にしゃがんだ。

泰三のパジャマのズボンとブリーフを一気に引き下ろし、弾けたように飛び出してきたイチモツを見て、目を見開いた。

「どうした?」

「いつもより、その……」

「勃起しているか?」

「はい……すごく立派です」

奈々子は見あげて、はにかみ、いきりたちに唇を寄せた。

かるくウエーブした髪をかきあげて、片方に寄せ、ツーッ、ツーッと裏筋を舐めあげてくる。それから、泰三を見あげながら、包皮小帯に舌を走らせる。

亀頭冠の真裏にちろちろと舌を這わせ、その効果を推し量るような目で、泰三を見あげてくる。

目が合って、奈々子が頰張ってきた。

ギンとしたものに唇をかぶせて、一心不乱にスライドさせ、皺袋をやわやわとあやしてくる。

（ああ、最高だ）

もたらされる快感に酔いしれようとしたとき、女の「あんっ、あんっ……」という喘ぎ声を聞いたような気がした。

それはとても小さく、よほど注意していないと自覚できない声だ。おそらく、一生懸命に口唇愛撫してくれている奈々子には聞こえないだろう。

どうしても気になって、カーテンを少しだけ開けて、外を見た。

隣家の二階の寝室には依然として、煌々とした明かりが灯り、ベッドに四つん這いになった紗貴を、若い男が後ろから貫いていた。

（ああ、ケダモノのように犯されて……）

打ち据えられるたびに、紗貴が顔を撥ねあげて、喘いでいるのがわかる。

（そうか、さっきの喘ぎはやはり、紗貴さんか……）

泰三が覗いている間も、それに気づかない奈々子は、献身的に顔を打ち振って、屹立をしごいてくれている。

（おおぅ、すごいぞ……普通はまずこんな体験はできない）

泰三は自分が経験している特殊な状況に驚きながらも、それを味わう。

隣家で行われているセックスをちら見しながら、目の前の奈々子をじっくりと見る。

奈々子はぐっと奥まで頬張って、えずきながらも、もっと深く頬張ろうとする。

両手を腰に添えて、引き寄せながら、陰毛に唇が接するほど咥え込んで、しばらくじっとしていた。

それから、ゆったりと顔を振る。

精一杯バキュームしているのが、頬の凹みでわかる。ジュルジルュッと唾液を吸いながら、徐々にストロークのピッチをあげる。

「おおぅ、気持ちいいよ。奈々子さん、気持ちいいぞ」

伝えると、奈々子は浅く咥えて、泰三を見あげてきた。

潤んだ瞳を向けたまま、根元を握り込む。

右手で肉茎を搾るようにしごきながら、亀頭冠にちろちろと舌を打ちつけてくる。

「あなたがいてくれて、よかった。奈々子さんのお蔭で、俺はすごく大きなものを取り戻した気がするよ」

想いを伝える。すると、奈々子ははにかみながら、目を伏せて、亀頭冠を頬張ってきた。

「んっ、んっ、んっ……」

くぐもった声を洩らしながら、唇を往復させる。

その動きに右手も加わって、唇と指で同時に、勃起を擦られると、えも言われぬ快感がうねりあがってきた。

「ああ、気持ちいいよ。出そうだ」

うっとりしながら、横を見ると、いまだに紗貴は後ろから打ち込まれて、あんあん喘いでいる様子だ。

きっともう何度もイカされたのだろう。上体を低くして、尻だけを持ちあげた姿勢で、されるがままに身を任せている。

その痴態を見て、泰三も奈々子を猛烈に犯したくなった。

「ありがとう。奈々子さんとつながりたくなった。いいか？」

訊くと、奈々子は肉茎を吐きだして、こくんとうなずいた。

奈々子はネグリジェを脱ぎ、パンティをおろした。そして、指示されるままに、ベッドに四つん這いになる。

カーテンは少し開けたままだが、今、奈々子は窓とは反対の方向を向いているから、隣家で行われていることは絶対に見えないはずだ。

泰三も裸になって、奈々子の尻を引き寄せた。

充実した尻は泰三との禁断の情事を重ねるにつれて、いっそう張りが出て、豊かになった。

女性は性の充実が、肉体にも影響を与えるというが、奈々子はまさにそれだった。

表情も明るく、身体の奥から幸せホルモンがあふれている感じだ。

この前は、博志が『奈々子、何かあったか？　やけに肌艶《はだつや》がいいな』と言っているのを、聞いた。

少し不安になったが、まさか、出張の合間に義父に抱かれているとは、つゆとも思わないだろう。

今も、天井の常夜灯だけの薄暗がりのなかで、奈々子の張りつめた尻が仄白い光沢を放っている。

泰三はいきりたつものを慎重に沈み込ませていく。

切っ先が狭いとば口を突破して、温かい滾《たぎ》りに嵌まり込んでいく感触があった。

「はうぅぅ……！」

奈々子が声をあげて、背中を弓なりに反らした。

「ああ、くっ……！」

と、泰三も奥歯を食いしばっていた。それほどに、奈々子の体内はうごめきながら、侵入者にからみつき、締めつけてくる。

膣の具合がどんどん良くなってきている。

（今の俺はこれがないと、やっていけない）

もちろん、博志に申し訳ないという気持ちもある。しかし、博志がいけないのだ。出張のたびに、不倫をしている息子が悪い。

（俺は、息子の代わりに奈々子さんを満たしてやっている）

心の底では、そう自分を正当化していた。

粘膜の締めつけをこらえて、泰三はゆっくりと抽送する。

くびれた腰をつかみ寄せて、静かに押し込むと、

「ああ、あああぁ、気持ちいい……お義父さま、気持ちいい……」

奈々子は心から感じている声を絞り出す。

泰三も奈々子もお互いのセックスに馴染んできている。これだけ相性のいい相手はいなかった。亡き妻も、一生懸命に応えてくれたが、奈々子ほどではなかった気がする。

ごく自然に打ち込みを強くしていた。

おそらく、山口紗貴と若い男との激しいセックスを覗いてしまったから、荒々しいオスの本能に火が点いたのだろう。

腰を引き寄せて、思い切り深いところに打ち据えた。すると、切っ先が奥を突いて、

「あんっ……！」

奈々子は小さく喘ぐ。

つづけざまに打ち込むと、

「あんっ、あんっ、あんっ……ぁあああ、すごい。お義父さま、すごいです」

奈々子が乳房を揺らしながら、言う。

泰三は自分が隣家を覗き見したことで、刺激を受けていることを自覚していた。だが、それは奈々子にはわからないだろう。知らせる必要もない。

泰三は前に屈んで、背中を舌でなぞりあげる。

挿入したまま、背骨に沿って中心を舐めていくと、

「ぁあああ……」

奈々子がいっそう背中をのけぞらせる。

「気持ちいいか？」

「はい……ぞくぞくします。初めてです。こんなこと……」

「そうか。博志はしないのか？」

泰三は優越感を増すために、奈々子の気持ちが冷める可能性を知りながら、わざと博志の名前を出す。

「……しません。ゴメンなさい、博志さんのことはもう……」

「そうだな。悪かった」

泰三はもう一度、背筋を舐めあげていく。肩甲骨の谷間に舌を走らせると、

「ああ、そこ……あっ、はうんん……」

奈々子は肩甲骨を狭めて、尻をくねらせる。

同時に、イチモツを包み込んでいる肉襞がざわめいて、ぎゅっと締めつけてきた。

「締まるぞ。奈々子さんのあそこが」

「はい……」

「自分でもわかるのか？」

「はい……わかります。勝手に動くんです」

「そうか……奈々子さんのここはほんとうに具合がいい」

泰三は右手をまわし込んで、乳房をとらえた。量感あふれる乳房を揉みしだき、頂上のコリッとした乳首をつまんで、転がした。

「ぁあああ、欲しくなる。突いてほしくなる……ぁあああうぅぅ」

奈々子は自分から腰を突き出してくる。前に引いて、また突き出す。

その勃起を深いところに欲しがる仕種が、たまらなくエロい。

泰三は乳首から指を離して、奈々子の両腕を後ろにまわさせ、肘をつかんで、ぐいっと引っ張る。

奈々子の上体が斜めにあがって、泰三は両腕を引き寄せながら、後ろから突いた。

「ぁああ、これ……放さないでね。絶対に放さないでくださいね」

奈々子が真剣に訴えてくる。

「大丈夫だ。絶対に放さない。だから、安心して身を任せなさい」

「はい……ぁあああ、すごい。お義父さま、これ、すごい……ぐいぐい奥に入ってくるの。ぁああ、あんっ、あんっ、あんっ」

奈々子の喘ぎ声が撥ねた。

もう快楽に耽溺してしまっているのか、声が大きい。

(ひょっとして、外にも洩れてしまっているんじゃないか？　紗貴さんの喘ぎ声さえ聞こえたのだから)

不安になった。しかし、紗貴はセックスに夢中で、おそらく自分も声を出しているのだから、隣家から洩れてくる喘ぎ声など耳に入らないだろう。

そう思い直して、泰三はひたすら突きあげる。

このアクロバチックな姿勢のせいか、

「あんっ、あんっ、あんっ……ぁあああうぅぅ」

奈々子は嬌声を張りあげる。

そのなりふりかまわずの喘ぎが、泰三をさらにその気にさせる。

奈々子の上体を引っ張りあげているので、六十二歳の身には少々キツい。しかし、ここで止《や》めたら、男が廃《すた》る。

やはり、歳のせいでセックスが弱いとは、奈々子に思われたくない。

握力がなくなってきた。打ち込むたびに、ベッドがぎしぎしと軋む。

「あんっ、あんっ、あんっ……ぁあああ、お義父さま、イキそうです。イキそうです……」

奈々子が訴えてきた。

「いいぞ。イッて。そうら、イキなさい」

泰三は最後の力を振り絞った。両肘をつかんで、後ろに引き、自分ものけぞるように突きあげたとき、

「あんっ、あんっ、あんっ……イク、イク、イッちゃう……いやぁあああぁぁぁぁぁぁぁ」

奈々子は悲鳴に近い声を放って、がくん、がくんと躍り上がった。それから、脱力状態になったので、泰三は慎重に奈々子をベッドにおろし、手を放した。

4

奈々子はぐったりしてうつ伏せになっている。

布団をかぶせてやり、泰三はボトルの水をごくっ、ごくっと飲む。そうしながら、カーテンの隙間から隣家を見た。

（えっ……？）

最初は何がどうなっているのか、わからなかった。

いまだに、部屋の明かりは煌々と灯っていて、真っ白な二つの円形のものが、窓ガラスにくっついているのが見える。

紗貴のゆがむ顔や、腕が見える。そして、男の顔も。

（ああ、そうか……）

どうやら、紗貴は立ちバックで責められて、乳房をガラスに押しつけられているらしい。

もっと詳しく見たいが、さすがに双眼鏡は使えない。

（激しいし、長いな……）

感心していると、二人は窓から離れて、男がベッドに仰臥した。

そして、紗貴が男をまたぎ、いきりたちを導いて、上体をのけぞらせた。

それから、両手を前と後ろに突いて、腰を前後に揺すりはじめる。

（これは、すごい……！）

ガラスを通して、騎乗位で腰を振る紗貴の白い裸身が見える。双眼鏡を使えたら、もっと鮮明に見えるはずだ。

しかし、この状態でも、充分に観察できる。

ほぼ真横から見ているので、紗貴の形のいい横乳や前後にくいっ、くいっと鋭く動く腰づかいがよりセクシーに映る。

(そうか……紗貴さんもあんなに貪欲に腰を振るんだな)

そう思うと、いったん役目を終えて柔らかくなっていた分身に、ぐぐっと力が漲った。

このままでは、奈々子に隣家の部屋が見えてしまう可能性がある。カーテンを完全に閉めて、

「奈々子さん、申し訳ないが、上になってくれないか?」

そう言って、ベッドに仰向けに寝た。

回復した奈々子がおずおずとまたがってくる。ちらりと泰三を見て、言った。

「あまりしたことがないから、きっと上手《うま》くないですよ」

「気にしなくていい。奈々子さんが上になって、自分から腰を振るところを見たいんだ。上手い下手《へた》は関係ない」

奈々子はうなずいて、密林を突いてそそりたつものを、太腿の奥に導いた。

肉茎を動かして、濡れ溝になすりつける。

それから、入口に当てて、ゆっくりと沈み込んでくる。

カチンカチンの肉の塔が、窮屈な肉路をこじ開けていって、奥に嵌まり込むと、

「ぁあんんっ……！」

奈々子は上体をのけぞらせて、細かく震える。

やはり、性の感受性がとても高い。

博志が奈々子を顧みようとしないことが信じられない。よほど、不倫相手が素晴らしい肉体をしているのだろうか？

泰三は敢えてじっとしていた。

すると、焦れたように奈々子が腰を振りはじめた。

尻を後ろに引き、前にせりだしてくる。

そのたびに、泰三の分身は窮屈な肉路に揉み抜かれて、グーンと快感が高まる。

「気持ちいいですか？」

奈々子が不安そうに訊いてくる。

「ああ、すごく気持ちいいよ。奈々子さん、下手じゃないよ。自分に自信を持って」

励ますと、奈々子は自信を持ったのか、両手を後ろに突き、上体を斜めにして、のけぞるように腰をつかいはじめた。

足を大きくM字に開いているので、長方形の翳りの下に、自分のイチモツが入り込

んでいるのが、はっきりと見える。

蜜まみれの肉柱が、奈々子が腰を振るたびに、膣に出入りする。その見え隠れする光景が、たまらなく泰三をかきたてる。

「ぁあああ、ああああ、お義父さま、気持ちいい……お義父さまとすると、いつも気持ちいいんです。いけないことなのに、気持ちがいいんです。へんなんだわ。わたし、へんなのよ」

「奈々子さんはへんじゃない。女としての性能が高いんだよ。すごく感じやすい。それは恥じることではなくて、誇りに思っていいんだ」

「ああ、お義父さま、おやさしいわ……ぁああ、あうぅぅ……止まらないのよ。勝手に腰が動く……ぁああ、あああああ、恥ずかしい……」

奈々子はくいっ、くいっと鋭く腰を振りながら、顔をのけぞらせる。

泰三はその悩ましい姿に見とれた。

この体位は男が寝ているだけだから、楽だ。それに、こうして、女性があられもなく腰を振る姿を見ていられる。

ふわっとした黒髪を乱し、眉を八の字に折って、何かにとり憑かれたように腰を激しく振る奈々子に見とれた。

「あんっ、あんっ、あんっ……あっ！」

奈々子は途中で腰振りをやめて、小刻みに震えた。

気を遣ったのかもしれない。

だが、それは軽いものだったのだろう。

奈々子は体位を変えて、前に手を突いた。そして、今度は腰を縦につかう。

振りあげた腰を頂点からおろして、打ち据えてくる。そのたびに、いきりたちが深いところに潜り込んでいって、

「あんっ……あんっ……あんっ……」

奈々子は甲高《かんだか》く喘いだ。

黒髪がその顔に枝垂れ落ちて、乱れ髪が張りつく様子が色っぽかった。

(奈々子さんはこんなことまで、できるのか……)

目を疑いたくなるほどに、激しく腰が上下動する。

腰がおりてくるのを狙って、ぐいと腰を突きあげた。すると、おりてくる子宮口に亀頭がぶつかって、強い衝撃があり、

「ああん……！」

奈々子が悲鳴に近い声を放って、顎をのけぞらせた。それから、首を左右に振って、

言った。

「いや、いや……こんなことされたら、おかしくなる」

そう口では言うものの、奈々子の腰振りは止まらない。

いやいやと首を横に振りながらも、腰を振りあげ、おろしてくる。その瞬間を見計らって、また突きあげる。

何かがぶつかる感触があって、

「うあっ……！」

奈々子は苦しそうな声をあげて、へなへなっと前に突っ伏してきた。

泰三にしがみついて、はあはあはあと息を切らしている。


泰三はいったん結合を外して、ベッドをおり、ふらふらの奈々子を窓際につれていった。

薄くカーテンを開いて、隣家を見ると、紗貴の寝室はすでに明かりが消えていた。

おそらく、情事を終えているのだろう。一階には明かりが点いているから、今二人は一階にいるに違いない。

（これなら、大丈夫だな）

カーテンを一メートルほど開いて、奈々子にガラスに両手を突いてもらう。

「いけません。お隣から見えます」

奈々子が首を左右に振る。

「大丈夫だよ。一階に明かりが点いているから、一階にいるんだ。一階からは、ここは見えないはずだ」

「でも……」

「平気だよ。部屋は暗いから、外から見てもまず見えない。腰をもう少し後ろに」

挿入しやすいように腰を突き出させた。しなる背中をツーッと舐めあげると、

「あん……ぁあああ……」

奈々子はますます背中を湾曲させる。

泰三は猛りたつものを尻の谷間に沿っておろしていき、とば口に押しつけ、慎重に腰を進めていく。

ぐちゅっと嵌まり込んでいき、

「あうっ……！」

奈々子が低く喘いだ。窓際だから、大きな声をあげたら、外部に聞こえてしまうと

思ったのだろう。

泰三は両腰をつかみ寄せて、屹立をずりゅっ、ずりゅっと押し込んでいく。

夜空には満天の星が煌《きら》めいている。月が出ていないせいで、星々が余計に光って見える。

そして、泰三は星々を見ながら、息子の嫁を後ろから犯している——。

何だか夢を見ているようだ。しかし、これが現実であることは、誰よりも本人がわかっている。

人としては最低だが、最高のセックスだった。

徐々にピッチをあげた。深く、速く突くと、

「あっ……あっ……ぁあんん」

奈々子が洩らす声が大きくなってきた。

(隣家に聞こえるんじゃないか?)

一瞬、不安になったが、直面している快感のほうがはるかに強かった。

ふいに、さっき見たことをさせたくなった。

「奈々子さん、胸を窓に近づけて……そうだ。そのまま、オッパイを窓に押しつけるんだ」

「見えてしまいます」

奈々子は首を左右に振った。

「大丈夫だ。一階からは見えない。頼む、してくれないか？」

懇願すると、奈々子はおずおずと胸を寄せていき、ガラスに押しつけた。

これで、二つの乳房がガラスに白くくっついている様子が、外からも見えるはずだ。

つまり、さっきの紗貴と同じ体位をすることになる。

「ぁああ、これ……窓が冷たいわ」

「悪いな。少し我慢してくれ……俺はすごく昂奮する。もっと腰を後ろに……」

泰三は歓喜のなかで、尻を引き寄せながら、怒張を叩き込んでいく。

「ああ、奈々子さん、気持ちいいぞ。締まってくる。奈々子さんのここが、締めつけてくる。たまらない」

そう奈々子をかきたてながら、後ろから立ちバックで、激しく突きあげる。

パン、パン、パンと乾いた音がして、

「あんっ……あんっ……あっ……ぁああ、お義父さま……恥ずかしい。また、またイッちゃう……へんなんです。わたし、へんになってる！」

奈々子がさしせまった声をあげる。

「いいんだよ。イッて……今度は、俺も出そうだ。いいかい？　なかに出して」

「はい……ください。お義父さまが欲しい……」

「そうら、行くぞ。出すぞ」

泰三がつづけざまにえぐり込んだとき、

「あんっ、あん、あんっ……イキます……いやぁあああああぁぁぁぁぁ！」

奈々子は嬌声を張りあげて、がくん、がくんと躍りあがった。

駄目押しとばかりに奥まで打ち据えたとき、泰三にも至福の瞬間が訪れる。

「出る……うぁあああ！」

吼えながら、男液を子宮めがけて放った。

がくん、がくんしている奈々子を支えつつ、泰三は精液をしぶかせる快感に酔いしれた。

第四章　艶女の誘い蜜

1

正午を迎えたときに、紗貴からスマホに電話がかかってきた。泰三はスマホの番号を紗貴に請われるままに伝えていた。

紗貴は、時間があったら、庭の草取りを手伝ってほしいと言う。

その日は、奈々子が買い物で家を空けていて、夕方にならないと帰ってこない。

泰三は快諾して、草むしりの器具と軍手を持って、隣家に向かった。インターホンを押すと、紗貴が出てきた。

「すみません。勝手なことを頼んでしまって……この通り、庭が荒れ放題なので、手伝っていただけると、助かります」

紗貴が頭をさげた。

ストローハットをかぶり、手には軍手を嵌《は》めて、準備万端のようだ。

「いいですよ。前から、庭が気になっていたんです。雑草は早めに取っておかないと、これから、どんどん成長しますからね」

「すみません。気を使わせてしまって。なかなか女手ひとつでは……」

「わかってますよ。じゃあ、早速はじめましょうか」

会話は隣家同士のそれで、そこには、紗貴と泰三だけの禁断の儀式のカケラもない。

こうやって、あの秘密の時間はなかったことにして、ごく普通につきあうことで二人はあの遊戯をつづけられる。

「これを使ってください」

と、泰三は草抜き用の道具を貸す。それは、先端が鍬《くわ》のようになっている小さな草抜き器で、これなら雑草を根こそぎ取ることができる。

「ありがとうございます。こんな道具があるんですね」

紗貴が軍手を嵌めた手で草抜き器を握って、瞳を輝かせた。

「このへんは、植物の勢いがありますから。根こそぎ取らないと、意味がないんですよ……こうやって、使ってください」

泰三は地面にしゃがんで、雑草の根元に叩きつけて、根っこごと掘り起こす。

「面倒ですから、草はあとで集めればいいです」

「そうですね。やってみますね」

紗貴がほぼ正面で、地面にしゃがんで、草抜きを振りおろす。

昨日、雨が降ったから、地面は柔らかくて、小さな鍬のような刃がさくっと入り、力を込めると、雑草が簡単に根元から掘り出される。

「ほんとうですね。これならわたしでもできそうだわ」

紗貴が笑って、草抜き器を地面に向かって、振りおろす。

今日は暖かいせいか、紗貴はノースリーブのワンピースを着ていた。膝丈のワンピースだが、紗貴は泰三に見えないように、膝を閉じて、斜めを向いている。

さくっ、さくっと草取りをつづけた。

(紗貴さんは、大丈夫か？)

ちらりと正面を向いたとき、視線が釘付けになった。

草取りに夢中になっているのだろう、紗貴はほぼ正面にいるのだが、膝が開いてしまっていて、ずりあがったワンピースの裾から、むっちりとした太腿が見える。

膝を曲げているので、太腿がふくら脛で圧迫されて、肉感的に潰れている。そして、開いた太腿の奥には、何やら白いものが見える。

（パンティか？　そうとしか考えられない）

隣の美しい未亡人が、草取りをしていて、その膝がひろがって、むっちりとした太腿とその奥が見え隠れする。

紗貴は少しずつ移動しているので、正面から見えていたワンピースのなかが見えなくなる。だが、しばらくして、またこちらを向いたので、屈曲して潰れた左右の太腿とその奥がのぞく。

その見えそうで見えない下着に、泰三の視線は釘付けにされる。

紗貴は草を取るために、少しずつ移動していく。そのたびに、白いパンティが見え隠れする。

チラリズムがこんなに刺激的なものだとは思わなかった。

股間のものが頭を擡《もた》げてきて、ズボンが突っ張っている。これはマズい。

紗貴に見られたら、一発で勃起がわかってしまう。

泰三は勃起を悟られないように、位置をずらす。

午後九時になれば、紗貴は着替えや下着姿を見せてくれる。それがオナニーまで移るときも多い。

もしかしたら、紗貴は意図的にワンピースのなかを見せてくれているのかもしれない。だが、今はまだ午後九時ではない。それに、草取りという仕事があるのだから、露出の意図はないのかもしれない。

自分だけが勝手に昂奮しているとしたら……。

しかし、日常的な草取りという行為でのチラリズムは、意図的なもの以上に、泰三を昂《たかぶ》らせる。

だいたい草を抜き終えたときに、
紗貴の声がした。

「大丈夫ですか？　そろそろ、休憩を入れますか？」

顔をあげたとき、パンティの白さが目に飛び込んできた。

紗貴はしゃがんだまま、泰三に向かって大きく膝をひろげていた。

ワンピースがずりあがって、ハの字に開いたむちむちの太腿がかなり際どいところまでのぞいてしまっている。しかも、その奥には白いパンティの基底部がはっきりと見える。

自分の視線が明らかにそこに向かってしまう。紗貴には絶対に、泰三がスカートのなかを覗いたことがわかったはずだ。

「も、もう少しだから、やっちゃいましょう」

泰三は平静を装って言う。

「そうですね。そうしましょう」

紗貴は軍手で額の汗を拭《ぬぐ》った。それでも、まだ足を自分に向けて開いてくれている。

(午後九時からの儀式と同じだ。これは絶対に、意図的に見せてくれている。だったら、俺だって……)

泰三はそれとわかるほど、ぐっと姿勢を低くした。すると、紗貴がワンピースをいっそうめくりあげる。

泰三は一応、右手だけは草に向かって振りおろしている。

しかし、それはあくまでも形だけのもので、視線はひたすら紗貴の太腿に向けられている。

紗貴は周囲を見て、人けのないことを確認したようだった。

敷地は狭い道路に面しているが、反対側には川が流れていて、緑の木々や草に覆われているから、こちら側だけ気をつければいい。

紗貴は唐突に右手の軍手を外した。どうするのかと見ていると、右手をワンピースの内側にすべり込ませた。

「えっ……？」

泰三は我が目を疑った。

紗貴はもう一度周囲を確認して、太腿の奥に指を届かせた。

その指が、パンティのクロッチ部分をなぞりはじめる。

（俺は夢を見ているのか？）

昂奮しすぎて、視界が霞んだ。

身動きできずに、ひたすらワンピースのなかに視線を奪われている泰三を見て、紗貴は勝ち誇ったようにふっと笑みを洩らした。

それから、まっすぐに泰三を見ながら、いっそう膝をひろげ、陰になった白い布地の底に、ゆっくりと指を走らせる。

泰三は魅入られたように動きを止めて、視線を注いだ。

そのとき、紗貴が白いクロッチ部分をひょいと横にずらした。

（おおぅ、これは……！）

二メートルほど向こうに、繊毛とともに濡れた狭間がはっきりと見える。

泰三は食い入るように、肉びらとその狭間を見る。

もっと見たくなって、四つん這いになった。

他人が見たら、自分はさぞや滑稽《こっけい》なことをしているだろう。しかし、やめられない。と、紗貴が中指を翳《かげ》りの途切れるあたりに伸ばして、そこをトントントンとかるく叩いた。

「んんんっ……」

紗貴は声を押し殺しながら、左手を後ろに突いて、ブリッジするように下腹部をせりあげる。

さっきまで陰になっていた部分が、今は午後の陽光を浴びて、繊毛が黒光りしている。

その下の肉の花園も、滲み出した蜜できらきらと光っている。

紗貴の中指がクリトリスをとらえて、そこを円《まる》くなぞる。

我慢できなくなった。紗貴が明らかに見せてくれているのだか、自分がこうしたって、咎められないはずだ。

泰三は軍手を外して、周囲を見渡しながら、トレーニングパンツのなかに右手をすべり込ませた。

ブリーフのなかで、カチカチになっていた肉茎を握ると、それだけで、脳天にまで快感の波が押し寄せてきた。ゆっくりとしごく。それを見た紗貴が、

「んんんっ……ぁああ、恥ずかしい……でも、いいの。すごく、感じるのよ。見てください……ぁあああ、もっと見て」

紗貴はそう口にしながらも、右手の中指を翳りの底に押し込んだ。

すらりと長い指がほぼ根元まで姿を消す。

紗貴はもう一度、周囲を見まわしてから、抜き差しをはじめた。

草をむしったばかりの庭の土に、左手を突いて、のけぞりながら、指の抽送に合わせて、腰を上下に振る。

すらりとした足がM字に開き、まくれあがったワンピースの裾からはむっちりとした左右の太腿があらわになっていた。白いパンティの基底部が横にずれて、色づいた女の肉花に中指を出し入れしながら、

「ぁああ、あああああ、恥ずかしい……見ないでください」

口ではそう言うものの、紗貴は中指の出し入れのピッチを徐々にあげて、

「んんんっ……んんんっ……イキそう。わたし、イキそう……」

泰三に潤みきった瞳を向ける。

M字に開いた太腿がぶるぶる震えているのを見ながら、泰三もトレーニングパンツのなかの肉棹を無我夢中で握りしごいた。

自分が夢の世界にいるようだ。

ぐちゅ、ぐちゅと指が出入りするときの音が聞こえる。

「ぁああ、イキそう。藤田さん、わたし、イッちゃう！」

紗貴が出し入れのピッチをあげたとき、前の道路を走るバイクの軽いエンジン音が聞こえてきた。かすかだった音が急激に大きくなった。

(この音は、郵便屋さんのバイクだ。いつもの郵便配達員が赤いバイクで、配達にきたのだろう)

泰三はとっさに体を起こした。

紗貴もワンピースの裾をおろして、立ちあがる。

すぐに現れた赤いバイクが藤田家の前に止まって、若い配達員が家の郵便受けに何通かの郵便物をまとめて入れた。それから、隣家の庭にいた泰三にかるく会釈をして、バイクに乗って、走り去っていった。

「……うちで休んでください」

紗貴が上気した顔で言って、泰三もうなずいた。

2

泰三は頭の芯が痺れて、もう何も考えられなかった。

紗貴に導かれるままに、二階の寝室にあがる。

レースカーテンだけが閉まった寝室を、午後の太陽が照らし、レースの影が落ちている。

入るなり、紗貴が前にしゃがみ、トレーニングパンツの上から、エレクトしているものを撫でさすってきた。

二人は一言も語らない。言葉など要らなかった。

泰三も紗貴も、さしせまった渇きに背中を押されている。

紗貴が、泰三のパンツとブリーフをおろし、泰三は足踏みするようにして、脱がすのを助けた。

紗貴は泰三を窓際に立たせて、内側を向かせ、前にひざまずき、鋭角にいきりたっているものを握った。

顔を寄せて、裏筋をツーッ、ツーッと舐めあげてくる。

「ああ、くっ……！」

ぞわぞわっと這いあがる戦慄に、泰三は震える。

裏筋を這いあがってきた舌が、亀頭冠にからまる。それから、紗貴は一気に頬張ってきた。

温かかった。その口腔の熱気が、泰三を桃源郷へと押しあげる。

紗貴はぐっと奥まで咥え込んで、ゆっくりと唇を引きあげていく。途中から、また根元まで唇をすべらせる。

泰三には、山口紗貴が何者なのか、何を考えているのか、よく理解できていない。

どうして、ここまでして泰三を誘惑するのか？　もしかして、痴態をさらすことで悦《よろこ》びを覚える露出症なのだろうか？

そんな女性が実際にいるのだろうか？

紗貴は両手で腰を左右から固定しながら、ずりゅっ、ずりゅっと大胆に唇をすべらせる。

ついさっき目の当たりにした、紗貴の大きく開かれた太腿や、その奥で食い込んでいた白いパンティや、そぼ濡れていた恥肉が目に焼きついていて、唇でしごかれるだけで、えも言われぬ快感がふくれあがってきた。

紗貴は右手で根元を握り、ゆっくりとしごく。

そうしながら、ちゅっ、ちゅっと亀頭部に窄めた唇を押し当ててくる。

鈴口に沿って舌を走らせながら、茎胴を握りしごく。

さらに、手と同じリズムで、亀頭冠を中心に唇を往復されると、ジーンとした快感が一気にふくれあがってきた。

「ああ、紗貴さん、出そうだ」

ぎりぎりの状態で訴えると、紗貴はちゅるっと肉茎を吐きだした。

それから、泰三をベッドに導き、自分は仰向けに寝て、

「藤田さん、ちょうだい」

下から情欲に満ちた目を向けてくる。

さすがに、隣家の未亡人と情交をしたら、マズい。

そんなことはわかっている。だが、わかっていても止められないことがある。

泰三は上になって、唇を重ねる。

すると、紗貴は舌をつかって、ねっとりとからめてくる。キスだけで、紗貴がいかに性的に達者なのかが、伝わってきた。

泰三はキスをおろしていき、ノースリーブのワンピースを持ちあげた胸のふくらみ

を揉んだ。量感あふれる乳房がブラジャーの下で揺れて、

「んんっ……！」

と、紗貴は顔をのけぞらせながら、両手で後ろ手に枕をつかむ。

つるつるに剃毛《ていもう》された腋窩《えきか》の窪みと、そこからつづく、ゆとりのある二の腕が、泰三を誘った。

腕が閉じられないように上から押さえつけて、完全にさらされた腋窩に顔を寄せる。

草取りで汗をかいたままで、シャワーは使っていない。

汗特有の甘酸っぱい芳香がふわっと匂い立ち、その秘密の匂いを感じて、イチモツがますますいきりたつ。意識的に鼻を鳴らして、匂いを嗅ぐと、

「あっ、いや……」

紗貴が腋《わき》を締めようとする。その腕を開かせて、泰三は舌を走らせる。

汗で湿っている腋窩をじっくりと舐めると、

「あああ、いやっ……そこはしないで」

紗貴がさかんに首を横に振る。

「いい匂いがする。濃厚なチーズみたいな匂いだ」

泰三が言うと、

「ぁああぁ、いや、いや……」

紗貴は大きく首を横に振る。

局部を見せつけることと、汗をかいた腋の下を舐められるのは、また別なのだろう。

泰三は腋に集中して、キスを浴びせ、舐める。かるく吸う。また、キスをして、舌を這わせる。

つづけていくうちに、紗貴は抵抗しなくなった。

「んんっ、ぁあああぁ……はぅぅぅ」

ついには、顎をせりあげる。

女がくすぐったがるところは、ほぼ性感帯である。決して充実していたとは言えないセックスライフで、学んだことのひとつだ。

腋の下が唾液でべとべとになると、汗の芳香が唾液の匂いに取って替わられる。そうなると、興味が失せる。

泰三は腋の下から、二の腕にかけて舐めあげていく。

二の腕の内側はほぼ太陽光を浴びることがないせいか、隠花植物のような秘密めいたところがある。しかも、歳をとるにつれて女性の二の腕には適度な贅肉がのる。

柔らかな二の腕の内側にツーッと舌を走らせると、

「あああ、そこ……はうぅんん」

感じるのだろう、紗貴が顎を突きあげる。

泰三は二の腕から腋窩へと何度も舌を往復させた。

「あああ、もう、もう止めて……お願い、もう……」

紗貴がひくひくしながら、訴えてくる。

泰三はワンピースの肩紐を外して、腕から抜き取っていく。そのまま、腰まで押しさげると、白い刺しゅう付きブラジャーがまろびでた。

二つのたわわな丸みが中央に寄り、汗でぬめ光っている。

泰三は背中に手をまわしてホックを外し、白いブラジャーを抜き取っていく。

こぼれでてきた乳房はEカップはあるのではないか。圧倒的な量感を誇りながらも、先端は形よく突き出して、乳首は淡いピンクにぬめ光っている。

(三十六歳で、この初々しい色か……)

赤ちゃんを生んでいないからなのか、それとも、もともと色素沈着が浅いのか。

すぐに、乳房には向かわないで、泰三は腋の下から脇腹へと舌をおろしていく。皮膚の薄い脇腹をフェザータッチで舐めると、

「ああああ……くっ、くっ!」

紗貴は鮎のようにびくん、びくんと跳ねる。

「ここが感じるんだね？」

「はい……ぞくっとします」

泰三は脇腹から、乳房へと舐めあげていく。

草取りでかいた汗がほのかに匂う。そして、少ししょっぱい。

両手も動員して、脇腹やもう片方の乳房を撫でさする。そうしながら、乳房の裾野に舌を這わせ、少しずつ中心へと近づかせた。

「ぁああ、焦らさないで……お願い、じかに……じかにちょうだい」

紗貴が我慢できないとばかりに腰をくねらせ、乳房を突き出してくる。

それでも、泰三は少しずつしか近づけない。何度も、乳首の周辺を円く舐め、徐々に半径を小さくしていく。

乳輪は比較的大きい。淡いピンクで粒立っている。そこから、乳首が二段式にせりだしていた。

舌が乳輪を這うと、

「あっ……あっ……」

紗貴が胸の位置をずらして、自分から乳首を押しつけようとする。

「しょうがない人だな」

夜毎の露出遊戯では、つねに紗貴にリードされているから、こういうときぐらいは自分が主導権を握りたい。

焦らしに焦らしておいて、乳首をゆっくりと下から舐めあげた。舌が突起をなぞりあげていくと、

「うあぁぁ……！」

紗貴が心から感じている声をあげて、がくんと顔をのけぞらせる。

焦らした甲斐があった。

ひと舐めしただけで、これほどに強烈に反応するのだから。

泰三は一転して、積極的に乳首を攻める。

しゃぶりつき、舌で転がした。

吐きだして、唾液まみれの突起を指先であやす。

側面をつかみ、くりくりと左右にねじる。つまんでおいて、引っ張りあげるようにして放す。

また、頬張り、なかで舌をからめた。

吐きだして、じっくりと上下に舐め、左右に弾く。

それをつづけていくと、紗貴はもうどうしていいのかわからないといった様子で、胸をよじり、せりあげる。

泰三は自分の愛撫が、奈々子を相手にするときとは違っているように感じる。

奈々子を相手にするときは、愛情をぶつける。だが、紗貴を相手にしていると、愛情を抜きにして、紗貴をひたすら性的に感じさせたくなる。

おそらく、それは午後九時の儀式やさっきの草むしりで、紗貴の奔放な性をわかっているからだろう。それで、泰三自身も欲望をぶつけやすくなる。

泰三は乳房をあやしながら、右手をおろしていき、ワンピースの裾をまくりあげ、パンティの上から恥肉をなぞった。

そこは愛蜜が布地を通して沁みでるほどにぐっしょり濡れていて、縦になぞると、柔肉が沈み込み、ぐちゅぐちゅと卑猥な音を立てる。

そして、紗貴は指に呼応して、腰をせりあげ、くねらせて、

「ぁあああ、いいのよ……もっと、もっと、して……はうぅぅ」

と、顎を突きあげる。

作業中は後ろで結んであった長い髪が、今は解かれて、ストレートのさらさらした黒髪が扇状に枕に散っている。

泰三がパンティに手をかけて、引きずりおろすと、むっちりとした下半身が現れた。

透き通るような白い肌が熟れた肉を際立たせて、その中心で台形の陰毛が繁茂していた。

そのびっしりと密生した濃い恥毛が、紗貴の性への貪欲さをそのまま表しているようだった。

3

泰三は足を開かせて、濡れ溝に貪りついた。

そこは、ふっくらとした肉厚なびらびらが左右にひろがって、内部の赤い粘膜がのぞいている。汗と淫蜜が混ざって、妖しく濡れ光っている。

乳首と同様に、全体がピンク色をしている。色が淡いわりには、花弁は艶やかに開き、そのギャップが泰三を駆り立てる。

芳香を放つ狭間に舌を走らせ、そのまま、上方の陰核にしゃぶりつくと、

「あっ……！」

紗貴はか細く喘いで、腰をひくつかせる。

包皮を剝いて、あらわになった肉真珠を吸ってみた。

「ぁあああぁぁぁぁぁ……！」

紗貴は外に洩れてしまいそうな大声をあげて、シーツを鷲づかみにする。

この声だ。これが、我が家にも聞こえてきたのだ。

だが、幸いにも、今、自宅には誰もいない。

舐めしゃぶるうちに、小さな突起がどんどん肥大して、下腹部がぐぐっとせりあがってきた。

もっと舐めてほしいとばかりに、繊毛を擦りつけてくる。

やはり、激しい。もともと奔放なセックスを行ってきたのだろう。それが嵩《こう》じて、泰三にオナニーを見せつけながらも、気を遣《や》っていたのだ。

陰核を舐め転がし、吸う。それをつづけていると、紗貴は濡れ溝を擦りつけて、

「ああ、してください。藤田さんのあれが欲しい」

顔を持ちあげて、潤みきった目を向ける。

泰三は一瞬ためらった。だが、すぐに思い直す。

（いいんだ。紗貴さんが自分から求めてきたんだから、してもいいんだ。紗貴さんは絶対にこのことを口外することはないだろう。奈々子にも息子にも……これは二人だ

けの秘密だ)

泰三は顔をあげて、膝をすくいあげた。

いきりたつものを翳りの底に押し当てて、じっくりと進めていく。切っ先が狭いとば口を押し広げて、熱い滾りに潜り込んでいき、

「あぐっ……!」

紗貴はシーツを鷲づかみにしながら、顔を大きくのけぞらせた。

(おおぅ、からみついてくる……!)

泰三も奥歯を食いしばらなければいけなかった。

こういうのを熟れた女性器と言うのだろう。強く締めつけてくるわけではないが、まったりとした粘膜が肉柱のいたるところにまとわりついてきて、くいっ、くいっと奥へと吸い込もうとする。

動いたら、あっと言う間に放ってしまいそうで、泰三は差し込んだまま、じっとしている。

すると、紗貴の腰が焦れたように動きはじめた。

「あああ、あああ、突いて……突いてよぉ」

そう口にしながらも、泰三の太腿をつかんで、引き寄せようとする。

その欲情をあらわにした所作に、泰三も昂った。

ゆっくりと抜き差しをはじめる。両手で膝裏をつかみ、大きく開かせながら、ずりゅっ、ずりゅっと打ち込んでいく。

この体位は、自然に挿入が深くなる。

こうすれば感じるというストロークを思い出した。上から打ちおろしながら、途中でしゃくりあげる。

すると、亀頭部がGスポットを擦りながら奥へと嵌まり込んでいき、子宮口付近をうがつことができる。

それをつづけていくうちに、紗貴は両手でシーツをつかみ、

「あんっ……あんっ……あんっ……ぁああ、響いてくる。あなたのオチンポがお臍《へそ》まで届いてるのよ」

あからさまなことを言って、泰三を見あげてくる。

（オチンポか……紗貴さんが口にすると、すごく卑猥だな。男心をかきたててくる）

泰三は徐々にストロークのピッチをあげていく。ぐっと体重をのせたストロークを叩き込む。

なぜだろう。紗貴を目の前にすると、いじめたくなる。支配したくなる。

つづけざまに奥まで届かせた。

「あんっ、あんっ、あんっ……ぁあああ、イキそう。イクわ」

紗貴が逼迫した声を放って、後ろ手に枕をつかんだ。

たわわな乳房がぶるん、ぶるるんと縦揺れして、長い黒髪が乱れ散っている。

泰三はとっさに紗貴の足を肩にかけた。ぐいと前に倒すと、

「ぁあうぅぅ……！」

紗貴がつらそうに眉根を寄せる。

泰三はさらに体重をかけて、両手をシーツに突く。

紗貴の裸身が腰から曲がって、V字を描く。泰三の顔の真下に、紗貴の顔がある。

いつもは凜《りん》とした美貌が、今は泣きださんばかりにゆがんでいる。

体重をかけられ、裸身を屈曲されて、そうとう苦しいはずだ。

だが、紗貴なら、この苦しさを快感へと転化できそうな気がしていた。

泰三はその姿勢で、大きく打ち込んでいく。

切っ先がさっきより深く体内に嵌まり込んでいることがわかる。おそらく、紗貴は身体を太くて長いもので、貫かれているような気がしているだろう。

いきりたつものを叩き込むと、イチモツがぐさっ、ぐさっと深いところに届く感触

があって、

「あんっ……あんっ……あぐっ……」

紗貴は泰三の両腕を握って、顔をくしゃくしゃにして喘ぐ。

「苦しいか？」

「はい……キツいけど、気持ちいいのよ。突き刺さってくる。あなたのオチンポが突き刺さってくる。もっとして……いけないわたしを懲《こ》らしめて」

紗貴がとろんとした、焦点の合わない目で見あげてくる。

『わたしを懲らしめて』という言葉が、泰三をかきたてる。

（紗貴さんは、懲らしめなければいけないような、いけないことをしているってことだな。いいぞ、懲らしめてやる）

泰三は上から腰を強く振りおろす。つづけざまに打ちおろすと、亀頭部が子宮口に届き、その柔らかなふくらみを押していく快感がひろがり、射精感が込みあげてきた。

泰三は射精覚悟で、上から強烈に叩きつける。

「あんっ……あんっ……ぁあああ、もっとよ。もっと、いじめて……」

紗貴が腕をぎゅっと握って、顔をのけぞらせる。

「そうら……いじめてやる。これで、どうだ！」

力を振り絞って、上から打ちおろし、途中からしゃくりあげる。

紗貴は喘ぎながら、ずりあがってしまいそうになるのを、泰三の腕をつかむことでこらえている。

「あんっ、あん、あんっ……ぁあああ、イキそう。イクわ……！」

「いいぞ。俺も……」

「なかに出していいのよ。ピルを飲んでいるから」

「わかった」

たてつづけに上から打ちおろし、深くえぐるようにしゃくりあげる。すると、紗貴ががくん、がくんと揺れはじめた。

「……ぁあああ、来るわ、来る……あんっ、あんっ、あんっ……ぁあああ、あああ、イキそう。イク、イク、イッちゃう……やぁああああぁぁぁ！」

嬌声を噴きあげながら、紗貴は両腕を握って、顔をのけぞらせる。

それから、がくん、がくんと震える。

駄目押しとばかりに叩き込んだとき、泰三も至福の彼方に押し上げられた。

4

ベッドの上で、泰三は裸の紗貴を抱き寄せている。紗貴は肩のあたりに顔を乗せ、横臥して、穏やかな呼吸をしていた。

不思議な感覚だった。

奈々子にはいまだに腕枕などしたことがないのに、紗貴だとそれが自然にできる。そして、肩に顔を凭《もた》せかけている紗貴も、違和感なしに泰三に身を寄せている。

今なら、あのことを訊いても、紗貴はいやがらないだろう。

紗貴は泰三に見せつけるようにしていたから、泰三が覗いていたことを知っているはずだ。

「紗貴さん、この前の若い男は何者なの？」

「……気になりますか？」

紗貴がこう言うということは、やはり、泰三の覗きをわかっていて、見せてくれていたのだろう。

「気になるね……いやなら話さなくていいけど」

「……彼とは、一夜限りの関係です。だから、気になさらなくても……」

「そうなの？　若い恋人かと思った」

紗貴が事実を話しているとは思えなかった。

「あんな若い男と、そういうふうにはなりませんよ。女には寂しくて、寂しくて、ひとりで夜を過ごせないときがあるんです」

「そうか……わかった」

「そんなことより、奈々子さんはいつお帰りになるんですか？」

紗貴が訊いてきた。

「ショッピングで、夕方まで帰ってこない」

「じゃあ、まだ時間がありますね」

「ああ、それに帰ってきたとしても、カーテンさえ閉めていれば、問題はない。俺は用があって、外出していたということにすれば」

「奈々子さん、素敵な方ですね。この前は、女房代わりだとおっしゃっていたわ。奈々子さんを裏切って、こんなことをしていていいんですか？」

「裏切るって……関係ないよ。奈々子さんは息子の嫁なんだからね」

そう言いながらも、泰三は疚しい気持ちになっていた。

自分は息子の嫁である奈々子と肉体関係を持っている。その身で、隣家の未亡人ともセックスするなんて、普通あり得ない。泰三は二重に禁忌を犯している。

「それなら、いいんです」

紗貴は婉然《えんぜん》と微笑んで、右手を布団の下に差し込んだ。

愛蜜が乾きはじめた肉茎は、射精して勢いを失くしている。

「わたし、若い彼として、寝た子を起こされたのかもしれません……これが欲しくてたまらないんです」

「だけど、肝心なものが言うことを聞くか、わからないよ」

「試してみましょうか？」

紗貴が布団を剝《は》いで、下半身のほうに移動していった。

泰三の伸ばした足をまたいで、ぐっとしゃがみ込んでくる。

まだ柔らかな肉茎の根元をつかんで、振る。すると、肉茎が鞭《むち》のようにしなりながら、太腿と腹部を打つ。

ペチン、ペチンと滑稽な音がして、分身が徐々に力を漲《みなぎ》らせてくる。

「ほら、もう硬くなってきた。藤田さん、お幾つですか？」

「……六十二歳だよ」

「還暦すぎなのに、回復が早いんですね」

「きっと、紗貴さんが魅力的だからだよ」

「ふふっ、いつもお相手の方に、そう言ってらっしゃるんでしょ？」

意地悪な笑みを浮かべて、紗貴が見あげてくる。

「それはないよ。それに、女房も亡くなってしまったし、相手がいないよ。紗貴さんしか」

「そうとは思えないわ。セックスがお上手すぎて……何か怪しいわ」

紗貴は微笑んで、硬くなりかけている肉茎を頬張ってくる。

ゆっくりと上下に顔を振りながら、恥肉を向こう脛に擦りつけている。

脛に、濡れた柔らかなものが触れている。それだけでも昂奮するのに、イチモツを情感たっぷりに頬張ってくる。

(紗貴さんは、元来セックスが好きなんだろう。亡くなった夫にも、たっぷりとサービスしていたに違いない。しかも、見られることに快感を覚えるんだからな)

泰三は頭の下に枕を入れて、その様子を目に焼きつける。

長いストレートの髪が、さらさらと垂れ落ちて、根元をくすぐってくる。

陰唇同様にふっくらした唇がめくれあがりながら、肉柱にからみついている。

その向こうに、ハート形の充実したヒップが見え、紗貴は尻を移動させながら、濡れ溝を足に擦りつけてくる。

完全に力を漲らせた肉柱を唇と舌でしごかれると、以前にも増して、甘美な陶酔がひろがってきた。

と、紗貴が肉棹を吐きだして、下半身にまたがってきた。

両足をM字開脚して、繁茂した翳りの底に、いきりたちを擦りつけて、

「ああ、いい……こうしているだけで、いいのよ」

気持ち良さそうに腰を振った。

それから、下を向いて、屹立をあてがい、慎重に沈み込ませてきた。

いきりたちが温かい沼地に吸い込まれていき、

「あああっ……！」

紗貴は眉根を寄せて、喘いだ。

「硬いのよ……ぁあああ、奥に当たってる」

紗貴は両手を前後に突いて、腰を揺すりはじめる。

腰をスムーズに前後に打ち振って、

「ああ、あああああ……奥がいいの」

すっきりした眉を八の字にして、快感をあらわにする。

心からセックスを愉しんでいるような腰づかいで、快感を貪ることにためらいはない。

いきりたつ分身を揉み抜かれて、泰三は歯を食いしばって、耐えた。

すると、紗貴は両手を腹に突き、蹲踞《そんきょ》の姿勢になって、腰を縦に振りはじめた。まるで、スクワットでもするように尻を持ちあげて、おろす。

その縦運動が徐々に大きくなり、ついには、尻を打ち据えて、勃起を根元まで呑み込んで、

「うんっ、うんっ、あっ……あっ……」

顎を突きあげる。

「ダメっ……当たってる。当たってるのよ……ぁああ、もっと深く、深く……」

紗貴がせがんでくる。

期待に応えて、泰三は腰を撥ねあげてやる。尻が落ちてくるのを見計らって、下からぐいと突きあげてやると、

「ぁあああっ……！」

紗貴は口をいっぱいに開いて、衝撃をあらわにする。もう上げ下げできなくなった

のか、踏ん張った姿勢で、動きを止めた。

泰三はM字に開いた太腿を下から手で支えて、腰を撥ねあげる。

同じ位置にある膣口に、連続して屹立を叩き込むと、

「あんっ、あんっ、あんっ……ぁあああ……はうん！」

紗貴はがくん、がくんとしながら、前に突っ伏してきた。

はあはあはあと息を切らしている。密着した肌はふたたび汗ばんできた。

泰三は乳房の弾力を感じながら、背中と腰を引き寄せる。

突きあげると、屹立が斜め上方に向かって、体内を擦りあげていき、

「あんっ、あんっ……ぁあああ、気持ちいい。狂っちゃう。わたし、狂っちゃう」

紗貴が耳元で、訴えてくる。

「いいんですよ。狂って……」

泰三がしゃかりきになって、突きあげたとき、

「あん、あん、あん……イキます……うあっ！」

紗貴は一瞬、背中を反らせ、脱力して覆いかぶさってきた。

気を遣ったのだ。

今日、紗貴はもう何度、絶頂を極めたのだろうか……。

イキやすい体質であることはわかる。それでもなお、泰三は自分が女性を短時間のうちに何度もイカせることができたという事実に、驚き、昂奮した。

幸いにして、泰三はまだ放っていない。

泰三はいったん結合を外して、紗貴をベッドに仰向けに寝かせる。膝をすくいあげて、勃起を打ち込んでいく。

「ぁああ、また……」

紗貴が信じられないという顔で、泰三を見た。

「まだまだ、できるよ」

「お強いんですね」

「いや、あなたが魅力的だからね」

そう言って、泰三は覆いかぶさっていき、唇を合わせる。

すると、紗貴も貪るように唇を吸い、舌をからめてくる。

気持ちを込めたキスをしながら、泰三はかるく腰をつかう。ずりゅっ、ずりゅっと肉棹が蕩《とろ》けたような粘膜を押し広げていって、

「んんっ、んんんんっ……ぁああ、気持ちいい！」

紗貴がキスをやめて、両手で後ろ手に枕をつかんだ。その、乳房も腋もあらわにし

た格好が、泰三をかきたてる。

泰三は乳房を揉みしだく。ごく自然に力がこもり、たわわなふくらみが形を変える。淡いピンクに色づく乳首が、ひろめの乳輪からせりだして、触ってくださいと求めている。

泰三は乳首にしゃぶりついて、吸う。断続的に吸引すると、

「あああああ……狂っちゃう。わたし、狂っちゃう」

紗貴が仄白《ほのじろ》い喉元をさらす。

泰三は左右の乳首を交互に舐めしゃぶり、吸う。そうしながら、猛烈に叩き込む。

「あああ、ああああ……」

紗貴は陶酔の声を長く伸ばして、息を吸い込む。

長い髪を乱して、のけぞりながら喘ぐ紗貴が、男の支配欲をかきたててくる。

泰三は乳首から口を離し、後ろ手に枕をつかんでいた紗貴の両腕を上から押さえつけた。

そうやって、身動きできないようにして、いきりたちを押し込んでいく。

ぐいっと打ち込むと、紗貴はたわわな乳房をぶるんと波打たせて、

「あんっ……！」

顔をのけぞらせる。

M字に足を大きく開いて、泰三の腰を迎え入れ、足をからめて引き寄せるようなことをする。

ぐいっ、ぐいっと叩き込むと、紗貴は今にも泣きだしそうな顔をして、

「あんっ……あんっ……ぁあああ、恥ずかしい……また、またイキそう……」

泰三をとろんとした目で見あげてくる。

「いいんだよ。イッていいんだ。俺も、出すぞ」

そう言って、泰三は屹立を叩き込む。

紗貴は両腕を万歳の形に押さえつけられて、乳房や腋を無残にさらされながらも、昇りつめようとする。

その官能美あふれる姿を見て、泰三も一気に高まった。

さっき射精したばかりだというのに、また、あの陶酔感がさしせまったものに変わっている。

(出すのか？　俺はまた射精するのか？)

追いつめられながらも、泰三は夢中で腰を振る。

紗貴の両腕を上から押さえつけ、ぐいぐいとえぐり込んでいく。

「あんっ、あんっ、あっ……イク……また、イキそう！」

紗貴がぼぅとした瞳を向けてくる。

「行くぞ。俺も行くぞ。いいんだね、出すぞ」

「ぁああ、ちょうだい。欲しい。欲しい、欲しい！」

「おおぅ、ぁああああ」

最後の力を振り絞って、叩きつけたとき、

「ああああ、イキます……イク、イク、イッちゃう……うあっ」

紗貴がのけぞりながら、最後は生臭い声を洩らし、裸身を躍らせた。

(今だ……！)

泰三がぐいと奥まで打ち込んだとき、これまで経験しなかったような峻烈な快感が爆《は》ぜた。

5

シャワーを浴びて、情事の痕跡を洗い流すと、服を着て、庭に放っておいた雑草を集めることにした。

二人は軍手を嵌めて、抜いておいた雑草を手箕《てみ》に集める。

大方の抜いた雑草を集めたところで、紗貴がまだ手つかずの状態で残っていた部分の草取りをはじめた。

すでに、日が沈みかけている。

西の空に浮かんだ白い雲を、落ちかけた夕日が照らして、雲の下側が茜色に染まっていた。

この時間になっても、まだ奈々子は帰宅していないようだった。軽自動車が車庫にはない。

「今日は、ありがとうございました。お蔭さまで、庭がきれいになりました」

紗貴が道具を使って、草を抜きながら言う。

「いや、礼を言うのは、こちらのほうだよ」

「どうして、ですか？」

紗貴がそう言いながら、膝を大きく開いた。

しゃがんだ姿勢で、必要以上に大きく足を開いている。ワンピースがずりあがって、鈍角にひろがった仄白い太腿の奥に、黒っぽいものが見える。

（えっ……ノーパン？）

泰三の視線は黒っぽい秘部に吸い寄せられる。

紗貴が思わぬことを言った。

「そこの懐中電灯を使ってください」

「えっ……？」

「懐中電灯で、ここを……」

紗貴がちらりと下を見る。

「だけど、誰かに……」

「平気ですよ」

「そうかな……」

泰三はそこに置いてあった懐中電灯をつかんで、スイッチを入れる。円形の光が放たれて、地面を照らした。輪の大きさは小さいが、光は強い。

(これで、ワンピースの奥を照らせと言うんだな)

おずおずと、懐中電灯を向けた。すると、円形の光が紗貴の姿を照らす。

光の円を下におろしていくと……。

泰三は息を呑んだ。

太腿までたくしあがったワンピースの奥に、剝き出しの陰毛がくっきりと浮かびあがっている。

左右の屈曲した太腿の奥に、漆黒の翳りが白く照らされている。その陰毛の一本、一本まではっきりとわかる。

「見えますか？」

紗貴が言う。

「ああ、見えるよ。すごいな。すごいよ」

二度射精したにもかかわらず、ズボンをイチモツが持ちあげる。

「もっと見たいのね？」

「ああ、見たい」

そう答えると、紗貴は軍手を外して、両手を裾のなかに差し込んだ。左右の指で、陰唇をひろげる。

懐中電灯の強い光を受けて、赤い粘膜がぬらぬらと光を反射している。

(ああ、すごい……！)

呆然としながらも、泰三は懐中電灯を向けつづける。いつの間にか、手が震えている。

もっと見ようと近づいたとき、軽自動車のエンジン音が近づいてきた。

奈々子が運転している軽自動車だ。買い物から帰ってきたのだろう。

泰三はとっさに立ちあがる。紗貴も開いていた足を閉じた。

しばらくして、奈々子の運転する車が通りすぎて、藤田家の駐車場に停まった。車から出てきた奈々子に、紗貴が声をかけた。

「すみません。お義父《とう》さまに草取りを手伝ってもらっています」

「ああ……きれいになりましたね」

何も知らない奈々子が、笑顔で返してくる。

「はい、藤田さんのお蔭です。ほんとうに助かりました」

紗貴が深々と頭をさげた。

「お義父さま、まだ食事には少し時間がかかりますが、どうなされます？」

奈々子がハッチバック式の車の後ろから、買い物袋を三つほど取り出しながら、訊いてくる。

「そうだね。こっちはそろそろ終わるから、全部片づけてから、戻るよ」

「わかりました。急がなくてかまいませんよ」

「ああ、わかった」

「紗貴さん、何かわたしにできることがあったら、遠慮なく言ってくださいね」

奈々子が紗貴に向かって言って、

「ありがとうございます」

紗貴がまた頭をさげた。

その礼儀正しい所作からは、たった今まで紗貴がしていた淫らな行為は微塵も想像できない。

奈々子が買い物袋をさげて玄関に消えるのを待って、泰三は雑草の溜まった手箕を持って、一カ所に集めた。

第五章　わが家で未亡人と

1

その日の午後、泰三は山口紗貴を家に招いた。

奈々子は今日、料理教室に行っていて、教室が終わったあとも、会員の主婦友だちとカフェで雑談をするらしく、夕方まで帰ってこない。

奈々子は息子の出張の夜には、泰三と熱い夜を過ごす。しかし、奈々子なりの規律を持っていて、出張の日以外では抱かせてくれない。

そのルールを破ってしまえば、二人の関係は沼に落ちる。そのことを充分に理解していて、自分を律しているのだ。

そして、泰三は彼女の思いを尊重している。

奈々子と博志の関係は、いっそう悪化しているようだ。最近、博志は朝食のときでさえ、むっとしていて、奈々子との会話はまったくない。

このままでは、二人の関係は悪化する一方であり、それを心配して、奈々子に何らかの手を打つように進言したのだが、奈々子は聞き入れない。

そして、泰三が出張した夜には、奈々子はその不満をぶつけるように、泰三とのセックスに溺れる。

そんな奈々子を不憫に感じて、泰三の彼女への思いは募っている。

しかし、それと紗貴との関係はまた別物で、今も午後九時の秘密の儀式はつづいている。

奈々子には愛情を感じている。紗貴に対して、愛情と呼べるようなものはない。あるのは、謎の未亡人に対する興味と、奔放なセックスへの憧憬——。

紗貴のセックスは泰三に言わせれば、いささか常軌を逸している。だが、その普通では体験できない奔放な営みが、泰三を虜にしていた。

今日、紗貴を家に招いたのは、『一度、お宅を拝見させてください』と請われていたからだ。

玄関口に現れた紗貴の格好を見て、股間を射抜かれたようだった。

紗貴はフィットタイプのリブニットのワンピースを着ていた。しかも、ノーブラなのか、胸には小さな突起が二カ所、せりだしている。

いつもは後ろで結んでいる黒髪が解かれて、肩や胸元に枝垂れ落ちている。おそらくスマホや財布が入っているだろう小さなポシェットを抱えていた。

泰三はそのセクシーすぎる格好にドキッとしつつ、紗貴を家に招き入れる。

家の内部を見たいというので、家中を案内した。

「いい家ですね。内装もセンスがいいし、何よりひろくて、寛げます。やはり、家族が上手くやっていくには、最適な家が必要ですね。うちもこんな家であれば、夫ももっと長生きできたかもしれません。うちは、都心のマンションだったので、狭かったし、両隣にも気を使って……庭もなかったので。庭の緑は必要ですね……」

紗貴が各部屋を見ながら、言う。

「ご主人は幾つで亡くなられたんですか？」

「六十三歳です。歳の離れた夫婦でしたから……」

「俺も来年にはもう六十三歳ですよ」

「藤田さんは、お若いから、長生きできますよ」

「そうですかね……」

「ええ……主人は一応会社の経営をしていたんですが、心労も大きかったのかもしれませんね。それを、わたしが癒《いや》してあげることができなかった……」

紗貴の顔に暗い影が落ちた。

「いや、紗貴さんのせいじゃないですよ」

「そうだといいんですか……わたしが藤田さんに関心があるのは、きっと、生前の主人と年齢がほぼ同じだからかもしれません。主人にしてあげられなかったことを、してあげたいなって……」

そう言って、泰三を見る目に、慈《いつく》しみと昂りが同居していた。

泰三はすぐにでも抱きたくなる気持ちを抑えて、二階にあがり、夫婦の寝室を見せ、自分の部屋を見せる。

紗貴はポシェットを置き、レースカーテンを開いて、言った。

「ここからだと、ほんとうにわたしの寝室がよく見えるんですね」

「ええ、まあ……」

「ほぼ丸見えですね」

泰三がどう答えるべきか、迷っていると、紗貴がくるりと振り返って、目を閉じた。

こうしてほしいのだろうと、泰三は唇を合わせる。

かるくついばむようなキスが次第に情熱的なものになり、唇を強く重ねて、舌をからめあう。

驚いたのは、一瞬にして、股間のものがズボンを突きあげたことだ。

それがわかったのか、紗貴の手がおりていって、ズボンのふくらみをなぞりはじめた。

泰三はこうなることを期待していた。

紗貴もこの誘惑的な服装で来たのだから、最初からそういう意志はあっただろう。

いつも奈々子を抱いている部屋で、紗貴を相手にすることに抵抗感がないと言えば、ウソになる。

だいたい、紗貴がなぜ自分のような者を相手にしてくれるのか？　亡き夫と同年代だからと言っていたが、それだけではないような気もする。

だが、ズボン越しに亀頭冠の丸みをあやされ、肉柱をしごきあげられると、そんなことはどうでもよくなってきた。

舌をからめられ、吸われながら、イチモツを丁寧になぞられると、分身が一本芯を通したようにギンとしてきて、その充溢感が泰三を大胆にさせる。

背中を向ける格好で、紗貴を窓辺に立たせ、後ろから抱えるようにして、胸のふくらみをつかんだ。

ニットを通して、明らかにノーブラとわかるふくらみの感触が指に伝わってきて、

「んっ……！」

と、紗貴は顔をのけぞらせる。

その丸みを揉みしだき、中心の突起をさぐる。ニット越しにでも、乳首がどんどん硬くしこってくるのがわかる。

上から指腹で捏ねた。円を描くようにさすり、それがせりだしてきたところで、二本の指でつまんだ。くりくりと左右にねじると、

「んっ……あっ、あっ……ぁああ」

紗貴は喘ぎながら、後ろ手にズボン越しにそこをまさぐる。勃起しているものの先端のふくらみをすりすりと擦ってくる。

快感が跳ねあがって、泰三は呻き、腰を振って自ら刺激を加えつつも、両手で左右の乳房を揉みしだいた。

揉みながら、片方の指では乳首をつまんだり、放したりする。

それをつづけていると、紗貴が腰を後ろに突き出して、尻を勃起に擦りつけてきた。

我慢できなくなって、泰三は右手をおろしていき、ニットの裾をまくりあげて、太

腿の奥へと差し込む。

「んっ……！」

と、紗貴が腰を引いた。その尻が、泰三の勃起を押す。

泰三はニット越しに乳首を捏ねながら、太腿の奥をなぞった。

猫の毛のように柔らかな繊毛と、濡れている柔肉を感じる。

やはり、紗貴は下着をつけていない。ノーブラ、ノーパンでおまけに身体のラインがはっきりとわかるニットワンピースを着ているのだ。

（どこまで奔放な女なんだ。隣家の初老の男をもてあそんでいるのか？　それならそれでいい。それに乗っかればいい）

泰三は乳首を捏ねながら、太腿の奥に指を這わせる。

「ああ、あああああ……こんなことして、わたし、恥ずかしいわ。軽蔑なさらないでくださいね」

紗貴が身をくねらせる。

「そんなこと微塵も思ってないですよ。紗貴さんはご自分の身体を持て余しているだけです。俺でよければ、いつでも相手をしますよ……どんどん濡れてくる。紗貴さんのここが、男を欲しがってる」

泰三は指先で濡れ溝をなぞり、クリトリスを捏ねまわす。

「ぁああ、気持ちいい……わたし、おかしくなってる。これが欲しくて……」

紗貴は腰を曲げながら、後ろ手にズボンのふくらみを握り、しごこうとする。

泰三はいったん愛撫をやめ、ズボンとブリーフをおろして、蹴飛ばした。

信じられない角度でいきりたつ肉柱を見て、紗貴の目が見開かれる。

すっと前にしゃがんで、肉の塔を握り込んでくる。

雄々しくそそりたち、血管の浮き上がった赤銅色のそれに五本の指をからめて、ぎゅつ、ぎゅっとしごく。

「ああ、気持ちいい……紗貴さん、たまらない」

言うと、紗貴はもう我慢できないとばかりに、顔を寄せてきた。

ふっくらとした唇をひろげて、亀頭部を呑み込み、そこから一気に奥まで唇をすべらせる。

泰三は温かい口腔に根元まで頬張られて、その快感に天井を仰いだ。

紗貴はこれが欲しかったとばかりに、大きく、速く唇を往復させる。

(こんな真っ昼間に、隣家の未亡人にフェラチオされている)

快感で細めた目に、レースのカーテン越しに隣家が見える。

いつも、あそこで紗貴は着替えやオナニーを見せてくれる。その本人が今、我が家で愚息をしゃぶってくれているのだ。

「んっ、んっ、んっ……」

根元を握りしごかれ、それと同じリズムでジュルル、ジュルルと亀頭冠を吸いながら、唇で擦られる。

ツーンとした快感がふくれあがって、泰三は我慢の限界を迎えた。

すると、それがわかったのか、紗貴がちゅるっと吐きだした。そのまま、窓の下のボードに両手を突いて、腰を突き出してくる。

「いいのか？」

「はい……して、早く！」

泰三はニットワンピースの裾をまくりあげる。ぷりっした肉感的な尻があらわになり、陰毛がそそけ立っているのが見える。

紗貴は背伸ばしのストレッチの格好で、こちらに向かって尻を突き出している。すらりとした美脚だが、太腿はむっちりとしている。

泰三はしゃがんで、尻をつかみ、左右に開く。

あらわになった恥肉にしゃぶりついた。

そこはアワビそっくりで、ふっくらとした肉びらがひろがって、内部の谷間がのぞいている。鮮やかなサーモンピンクの粘膜が、生きたアワビのようにうごめいていた。狭間を舐め、下方にある陰核を吸うと、

「ぁあああ……ダメっ。もう我慢できない。ちょうだい。泰三さんの硬いものをちょうだい。早くぅ」

紗貴がおねだりするように、尻を揺すった。

『泰三さん』と呼ばれたのは、これが初めてだ。

泰三は立ちあがって、いきりたちを擦りつける。沼地をさぐって、とば口に慎重に押し込んでいくと、

「はぁあああ……！」

紗貴が心から感じているという声をあげて、顔をのけぞらせる。

「おっ、くっ……締まってくる。からみついてくる。すごいよ、紗貴さんのここは」

「恥ずかしいわ。でも、気持ちいいんです。ぁああ、突いて……」

紗貴が腰をくねらせた。

泰三はくびれたウエストをつかみ寄せて、ゆっくりと抜き差しをはじめる。

入れて、引くごとに、まったりとした粘膜がまとわりついてきて、その粘りけがた

まらない。

余りにも気持ち良すぎて、ゆったりとしか突けない。それが、逆に感じるのか、

「ぁああ、ああああ……いいんです。いいのよぉ」

紗貴が尻をくねらせながら、喘ぐ。

腰をつかうたびに、透明な蜜にまぶされた肉棹が姿を消し、ぬっと出てくるのが、尻たぶの間に見える。

つい先日まで、泰三はセックスを忘れていた。女体に触れることさえなかった。なのに、今は奈々子と紗貴という上級の女を抱いている。

どうしてこうなったのか、泰三自身にもよくわからない。だが、これは夢ではない。もしそういうものがあるとすれば、自分は今、第二の性春を迎えている。

粘りつく粘膜を押し退けるように、腰をつかった。

徐々に深いところに届かせると、

「あんっ……あんっ……ぁあああ、いいのよぉ」

紗貴は身体を前後に揺らしながら、気持ち良さそうな声をあげる。

泰三は疲れを感じて、動きを止めた。

すると、紗貴は、やめないでとでも言うように、自分から尻を突き出してくる。

背中を反らせながら、全身を使って、尻を打ちつけては、

「あんっ、あんっ……ぁああ、突いて……突いてよぉ」

と、哀切な声でおねだりしてくる。

泰三は無言で、またストロークを再開する。ウエストをつかみ寄せて、ぐいぐいとえぐり込んでいく。

「あんっ、あんっ……ぁあああ、恥ずかしい……もう、イキそうなの。イカせて、イカせてください」

紗貴がせがんでくる。

「いいんだよ、イッて。そうら……」

垂れてくるニットの裾をまくりあげた。あらわになった尻にはレースカーテンの影が落ちて、その陰影がこたえられなかった。

光沢のあるヒップの底に、蜜まみれの硬直が出入りしているさまが、はっきりと見える。

泰三はさらにピッチをあげて、奥を突いた。

パチン、パチンと乾いた音が撥ね、そこに、紗貴の短い喘ぎが混ざる。

「ぁああ、イキます……イッていいのね。ぁあああ、来る……来ます……あん、あん

っ、あんん……。あああ、イクぅ……はうっ！」

紗貴は背中を弓なりに反らせて、がくん、がくんと躍りあがった。

2

紗貴が喉が渇いたと言うので、泰三は一階におりて、冷蔵庫からミネラルウォーターのボトルを取り出して、それを二つのコップに注ぐ。

注ぎながら、紗貴は会社の社長の奥さまだったということを思い出していた。

社長なら、当然、生命保険や遺産は多かっただろう。だから、今、あくせくと働かなくても、悠々自適の生活を送っていけるのだ。

しかし、長年連れ添ってきた夫を亡くせば、心にも身体にもぽっかりと穴が空いたようになるのが普通だ。

紗貴にとって、隣家の初老の男はある意味で都合がいい存在なのだろう。泰三は結婚をせまるわけでもないし、若い男のように、紗貴に夢中になって理性を失うこともない。だから、泰三相手に肉体の渇きを癒しているのだろう。

泰三は水を満たしたコップを二つ持って、慎重に階段をあがっていく。

部屋のドアを開けて、室内に入る。

紗貴はニットをきちんと着た状態で、ベッドに腰をおろしていた。

渡されたコップの水を、こくっ、こくっと喉を鳴らして飲む。

のけぞるようにあらわになった仄白い喉元が悩ましい。

リブニットに包まれた、たわわな乳房の形が浮きあがり、二つの小さな突起がニットを突きあげている。

奈々子が帰ってくるまでには、まだまだ時間がある。そして、泰三もさっき、かろうじて射精を免れていた。したがって、性欲は衰えていない。

この歳になって、いや、正確に言えば、奈々子を抱いてから、また若い頃のセックスへの情熱が戻ってきていた。

「まだ、時間は大丈夫？」

訊くと、

「はい。今のところ、仕事もしていないので、時間だけはたっぷりあります」

紗貴が微苦笑する。

泰三はコップの水を口に含んで、紗貴をベッドに押し倒した。

仰向けに寝た紗貴に唇を重ねながら、口移しで飲ませていく。水を少しずつ送り込むと、紗貴はこくっ、こくっと喉を鳴らしながら、送り込まれる水を嚥下《えんげ》する。いっときも口を離さずに、すべての水を口移しする。

終えて、紗貴を見ると、

「美味しかったわ。泰三さん、口移しで飲ませるのがお上手なんですね」

紗貴が心から感心したように言う。

「褒めてもらえて、うれしいよ」

泰三はニットに手をかけて、ワンピースを肩から抜きおろして、もろ肌脱ぎにさせる。

ぶるんとこぼれでた乳房の豊かさに、あらためて息を呑んだ。

丸々として充実しきっている。

乳肌は青い血管が透け出るほどに薄く張つめていて、頂上より少し上に淡いピンクの乳首がせりだしていた。

「あまり見ないでください」

紗貴がそっと胸を手で隠す。

午後九時からの儀式では、ためらうことなく乳房をさらしてくれるのに、今はこうして羞《は》じらう。

泰三には女心がわからない。

量感あふれる乳房を揉みしだき、乳首を舐めた。舌で転がし、吸う。上下にゆっくりと舌を走らせ、左右に激しく舌を振って、突起を叩く。

「ぁあああ……お上手だわ。すごく慣れていらっしゃる。今も現役ですよね？　誰か、他に女の方がいらっしゃるんですか？」

紗貴に訊かれて、泰三はドキッとする。

「いや、いないよ。いるはずがない」

「……そうですか？　とても、そうとは思えない」

「誤解ですよ。俺みたいな引退したジジイに、興味を持つ女性などいませんよ」

「じゃあ、もともとセックスがお上手なんですね。お若い頃は随分と女を泣かせたんでしょ？」

「まあ、若い頃はね。遠い昔のことですよ。もうその話はやめましょう」

打ち切って、泰三はふたたび乳房にしゃぶりつく。

揉みしだき、左右の乳首を舐めしゃぶると、

「ぁああ、あああ……恥ずかしい。もう、欲しくなった……」

紗貴が下腹部をせりあげる。

その貪欲そうな動きを見て、ふと思い出した。

奈々子のためにバイブレーターを買ったのに、最近は使っていない。

(紗貴さんなら、バイブをいやがらないだろう)

「待っていてくださいよ」

泰三はベッドをおりて、クローゼットの引き出しにしまってあったバイブの箱を取り出した。

黒い箱を開けて、

「これは、いやかい?」

バイブを見せると、紗貴がびっくりしたように目を見開いた。

「使ったことはない?」

「……あるにはあります」

「そのときは、どうだった?」

「一応、イキました」

「じゃあ、いいね」

「……それは、どなたを相手に使われたんですか?」

紗貴が痛いところを突いてくる。まさか、奈々子相手にとは絶対に言えない。

「言いたくないんだけど、じつは、亡くなった女房に使っていたんだ」

紗貴は、なるほどとでも言うようにうなずいた。

「ほんとうは俺が動かすんだろうけど、その前に、紗貴さんが自分でするところを見たい」

「……恥ずかしいわ」

そうは言うが、現実に露出ショーを見せてくれているのだから、この『恥ずかしいわ』はおそらく媚態だろう。

「頼む……この歳になると、そういうのが趣味になってくるんだ。見せてほしい。頼みます」

懇願すると、根負けしたように、紗貴がバイブを受け取った。

「どうすればいいですか？」

「俺はこっちで見ているから、あなたはそこに仰向けになって、足を開いて……その前に、これをしゃぶるところを見せてほしい。濡れているほうが、入れやすい」

泰三は操作方法を教えた。

紗貴は無言でうなずき、ベッドに女座りした。

スイッチが入り、ウォンウォンウォンと振動して、頭部を振るピンクのバイブをじっと観察する。それから、スイッチを切って、静止したバイブを握った。

白いグリップ部分を両手でつかみ、舌を出して、半透明のシリコンの亀頭部におずおずと舌を這わせる。

ちろちろっと舐め、それから、唇をひろげて、バイブを半ばまで呑み込み、ちらりと泰三を見た。

泰三は興味津々で凝視している。

紗貴は目を伏せて、ゆっくりと顔を振った。

すると、本物に似せたバイブを唇がすべっていき、紗貴が他の男のイチモツを頬張っているような錯覚を起こして、泰三は奇妙な昂奮を覚える。

見る間に、バイブが濡れて光り、泰三の視線を感じたのか、紗貴は先端をちろちろと舐めながら、泰三をじっと見る。

微笑みながら、バイブを立てて、裏筋をツーッ、ツーッと舐めあげた。

亀頭冠の真裏にちろちろと舌を走らせ、また頬張る。

途中まで唇をすべらせながら、じっと泰三を見ている。その見せつけているという意志を感じさせる視線が、たまらなくエロかった。

紗貴は吐きだして、ベッドに仰臥する。

見やすいように、泰三は腰枕を入れてやる。

腰が持ちあがって、左右の足がおずおずと開いていった。むっちりとした太腿の奥に、ふさふさの翳りが生え、その途切れるあたりに、小さな肉アワビが息づいている。

紗貴はバイブのスイッチを入れ、右手で操作して、亀頭部で狭間をなぞった。

頭を振るピンクの半透明のバイブが濡れ溝を上下に擦り、それがクリトリスに触れるたびに、紗貴はびく、びくっと震える。

小さくくねる亀頭部で、溝から陰核をなぞりあげて、

「ぁあああ、気持ちいい……ぁあうぅぅぅ」

身体を反らして、喘ぐ。

足が徐々に大きく開いていき、ガニ股になって、下腹部をせりあげる。

「ああ、もう我慢できない」

そう言って、くねる亀頭部を膣口に押し当て、慎重に沈めていく。

本物そっくりのピンクの頭部が窪みを押し割っていき、半分ほど潜り込むと、

「ぁあああっ……!」

紗貴は大きく顔をのけぞらせた。

「ぁああ、すごい……なかをぐりぐりしてくるのよ」

紗貴はそう言いながら、バイブをぐっと奥まで差し込んだ。ピンクのバイブがほぼ姿を消して、付け根についているウサギをかたどったクリトリス用バイブだけが外に出ている。

「ああ、すごい……奥を捏ねてくる。ぁああ、ぁああ、すごい」

紗貴は右手でグリップを握り、バイブを出し入れする。

くちゅくちゅと粘着音がして、紗貴の肢体が弓なりにしなった。

いつの間にか、左手で乳房を揉みしだいている。たわわなふくらみを押し潰さんばかりに揉んで、

「ぁああ、ああぁ……気持ちいい」

紗貴は灰白い喉元をさらす。

そのあからさまな姿を見るうちに、泰三の分身は激しく嘶《いなな》いた。

自分でも、女のオナニーを見るのが好きなのだと感じた。だが、それは紗貴も同じで、恥ずかしいところを男に見せつけることで、高まるのだ。

透明な蜜がすくいだされて、バイブも会陰部も妖しいほどにぬめ光っている。

たまらなくなって、泰三は紗貴の上半身に近づいていく。

抜き差しが見えるように、反対側を向いて、顔面をまたいだ。それから、いきりたつものを押しさげて、紗貴の唇をなぞる。

すると、紗貴は何を求められているのか理解したのだろう。

肉柱を手でつかんで導き、それに貪りついてきた。

途中まで頬張って、うぐうぐと呻きながら、舌をねっとりとからませてくる。そうしながらも、右手で持ったバイブを抽送する。

「おおぅ、すごいぞ。紗貴さん、エロいよ。たまらん……動かしていいか？」

訊ねると、紗貴は目でうなずく。

泰三はゆっくりと腰を振って、肉柱を抜き差しする。

奥まで突っ込んでは、苦しいだけだろう。しかし、紗貴は肉棹の根元を二本の指で握っているから、奥までは入らないはずだ。

イラマチオをしながら、紗貴の下腹部を鑑賞する。

濡れ光るバイブがじゅぶじゅぶと漆黒の翳りの奥をうがち、紗貴は足を鈍角に開いて、それを受け入れている。

それから、紗貴はクリトリス用のウサギの耳を、陰核に押し当てた。

ウィンウィンとバイブが振動し、大きく伸びたウサギの耳が左右から陰核を挟みつけるようにして、強い振動を伝えているのがわかる。

やはり、クリトリスがいちばん感じるのだろう。

紗貴の様子が一変した。

口を本物のペニスでうがたれ、自ら膣にバイブを突っ込み、振動するウサギの耳でクリトリスを巧みに刺激しては、

「んんんっ、んんんんんっ……」

くぐもった声を洩らしながら、身体を反らせる。

気を遣りそうなのだろう。いつの間にか伸びた太腿がぷるぷると震えている。

「イクのか？」

訊くと、紗貴は肉棹を頬張ったまま、

「ふぁい」

と言う。おそらく、「はい」と言ったつもりだろう。

「いいぞ。イッていいぞ。イクところを見せてくれ」

泰三はそう言いながら、口腔にいきりたちを押し込んでいく。

「んんん、んんんんっ……ああああ、うふ、うふ、うふ……ぁあああぁぁぁぁ」

くぐもった声を噴きあげて、紗貴がのけぞり返った。

いきりたちを頬張ったまま、伸ばしていた足を曲げて引き寄せて、がくん、がくんと震えている。

押し出されたバイブがシーツに落ちて、いまだにウィーン、ウィーンと頭部をくねらせていた。

3

泰三はいきりたちを口腔から抜き取って、下半身にまわった。

いまだに両膝を引きつけて、絶頂の余韻にひたっている紗貴の足をつかんで開かせ、あらわになった女の祠《ほこら》にしゃぶりついた。

バイブの凌辱を受けて、花開いている花芯に舌を走らせる。

どろどろになった狭間をゆっくりと舐めあげると、濡れた粘膜が舌にまとわりついてきて、

「はうぅんん……！」

紗貴は下腹部を擦りつけてくる。

足をつかんだまま、狭間から陰核にかけてなぞりあげる。小さな突起を頬張って、

ちゅっ、ちゅっ、ちゅっと吸う。

「ぁああ、ダメ、またイッちゃう！」

紗貴が訴えてくる。

泰三はクンニをやめて、いきりたつものを押し込んでいく。充分に濡れた女の器官がイチモツを呑み込んでいって、

「はうぅぅ……！」

紗貴は顎を突きあげ、シーツを鷲づかみにする。

膝を押さえつけたまま、ゆっくりと抽送すると、まったりとした粘膜がからみついてくる。

さっきより、粘着力が強い。

気を遣って、膣全体の力が抜けているのか、柔軟性が強く、隙間なく勃起にひたひたとまとわりついてくる。しかも、温かい。

ひと擦りするたびに、泰三は極楽へと引きあげられる。

(ダメだ。出てしまう……！)

泰三は必死に暴発をこらえる。

スローピッチで抜き差しをすると、温められたゼリーのような内部がカリの裏側に

はまり込み、全体を柔らかく包み込んできて、女性器のすべてを感じる。

よく締まる膣ももちろんいい。

しかし、このソフトに包み込んでくる膣はさらにいい。

自在に形を変えながら、敏感な部分にからみつき、吸いついてくる。

(ああ、気を遣ったあとのオマ×コはたまらない)

泰三は両膝の裏をつかんで押し広げながら、ずりゅっ、ずりゅっと屹立を押し込んでいく。

「ぁあああ、あああああ……」

紗貴はもう忘我状態に入ってしまったのか、顔をのけぞらせ、両手を顔の横に置いて、気持ち良さそうな声を長く伸ばす。

ふと思いついて、言った。

「紗貴さん、両手を頭の上に置いて、右手で左の手首を握って」

「はい……」

紗貴は素直に両手をあげて、言われたように手首を握る。

すると、乳房も腋窩も丸見えになり、その羞恥を煽る所作が紗貴をいっそう昂らせるのだろう。

顔が見えなくなるほどに、顎をせりあげる。

「そのままだよ」

泰三は足を放して、覆いかぶさり、両方の乳房を荒々しく揉みしだいた。たわわなふくらみが押しつぶされて指が柔肌に食い込むと、それがいいのか、

「ぁあああ……狂っちゃう。気持ち良すぎて、狂っちゃう」

紗貴がぼぅとした目を向けてくる。

その潤みきって、泣いているような目が、泰三をかきたてる。

淡いピンクの乳首を舌であやして、吸う。

そのまま、乳首から腋の下へと舐めあげながら、その上昇する力を利して、屹立を奥へと押し込むと、

「うあっ……！」

紗貴が凄艶な声をあげて、顔をのけぞらせる。

腋の下から二の腕へと舐めあげながら、同じように、屹立を押し込んだ。それを繰り返すと、

「ぁああ、あああああ……」

紗貴は頭上で手首を握ったまま、陶酔しきった声を洩らした。

泰三も徐々にこらえきれなくなっていく。

肩口から手をまわして、紗貴を抱き寄せた。折り重なるようにして、えぐりたてると、紗貴の様子が逼迫してきた。

「ぁああ、また、イキそう……泰三さんもイッて」

紗貴が耳元で囁く。

「よし、このままだ。このまま、イクぞ」

泰三はがっちりと紗貴を抱き寄せて、思い切り腰を叩きつける。両膝を開いて、膝の内側をシーツに擦りつけるようにして、なるべく深いところへ届かせる。

「ぁああ、イキます。イッていいのね」

「ああ、イキなさい。そうら」

泰三は力強くイチモツを叩き込んでいく。

いきりたちが粘膜を擦りながら、奥へとすべり込んでいって、泰三もぐっと快感が高まる。

「ぁああ、あああああ……もう、もうイッちゃう……やぁああああ、くっ！」

紗貴が顔をのけぞらせながら、ぎゅっと泰三にしがみつき、がくん、がくんと震えた。

4

ぎりぎりで射精を免れた泰三は、仰臥して、息が戻るのを待った。

昇りつめてぐったりしていた紗貴が、いまだ元気なイチモツを見て、瞳を輝かせる。

「すごいんですね。ほんとうに六十二歳なんですか？」

長い髪をかきあげながら、ちらりと泰三を見て、ゆっくりと身体を起こし、またがってきた。

（また、してくれるのか？）

泰三はちらりと時計を見た。まだ、午後三時。奈々子が帰宅するまで時間は充分ある。

奈々子はまさか、義父が隣家の未亡人を家に引っ張り込んで、情交しているなど、つゆとも思わないだろう。

後ろめたさはあるが、仕方ない。

美貌の未亡人に誘われて、それを拒める男などいやしない。たとえ、妻帯者であっても、拒めないだろう。

紗貴はまたがって、両膝をぺたんとついた。

尻を向ける形なので、細くなっていく背中の形や、くびれたウエストから急峻な角度で張り出したヒップがまともに見える。

紗貴は肉の塔をつかんで導き、腰を微妙に揺すりながら、屹立を呑み込んで、

「ぁあぅぅっ……」

凄艶に背中をしならせる。

紗貴は両手を、泰三の足に突いて、やや前屈みになりながら、腰を振りはじめた。

充実したヒップがくねりながら、前後に揺れて、イチモツを締めつけてくる。

それから、紗貴は前に倒れ込んだ。

そして、柔らかな乳房を泰三の足に擦りつける。かなり屈曲しているせいで、ハート形のヒップがいっそう雄大に映る。肉棹がずりゅっ、ずりゅっと膣口をうがつ様子がまともに目に飛び込んでくる。

淫蜜をこぼした膣に、これも蜜まみれの硬直が出入りするさまが、はっきりと見える。

そのとき、向こう脛あたりに、ぬるっとしたものがすべっていくのを感じた。

それは、紗貴の舌だった。

紗貴は折り重なるようにして、尻を持ちあげ、いっぱいに出した舌で膣を舐めてくれているのだった。

（これは……！）

生まれて初めて体験する愛撫だった。

向こう脛がこんなに感じるところだとは知らなかった。ぬるぬるした舌がなぞっていくと、くすぐったさと紙一重の快感が走り抜ける。

「ああ、気持ちいいよ」

思わず訴えると、紗貴はますます情熱的に足を舐めてくる。

ぞわぞわした快感に身震いしながら、紗貴の尻から目が離せない。

二つの小山を描く発達した尻と、肉柱を受け入れている膣口……それだけではない、尻たぶがひろがって、セピア色の小菊さえものぞいてしまっている。

普通なら、恥ずかしくてできないだろう。しかし、紗貴は恥ずかしいところを見られることで、昂る。

だから、これだけ赤裸々にすべてを見せてくれているのだ。ケツの孔《あな》までさらしながらも、一生懸命に足を舐めてくれている。

枝垂れ落ちた黒髪の毛先が、さわさわと肌をくすぐる。

る。

泰三にこれだけ奉仕しても、具体的に得られるものは何ひとつないはずだ。にもかかわらず、紗貴は何もかもなげうって、自分のような男に尽くしてくれている。

尽くされるほどに、男の本能が満たされる。

自分はこんな美人にご奉仕されるほどに魅力的な男なのだと思える。もちろん、それが錯覚であることはわかっている。

しかし、一時的なものにせよ、この満足感が泰三の人生に潤いを与えてくれる。

ある衝動が湧きあがり、泰三は両手を前に伸ばして、尻たぶを開いた。すると、アヌスの窄まりがひろがって、幾重もの皺もなくなって、小さな孔があらわになった。

中心に行くにつれて、きれいなピンク色をしている。

「きれいだよ。紗貴さんはお尻もオマ×コもすべてきれいだ。アヌスも皺がきれいに放射状に伸びていて、文句のつけようがない」

「……あの、触っていいですよ……」

「えっ？　どこを」

「お尻の孔を」

紗貴がまさかのことを言う。

泰三はこれまで、アナルセックスはしたことがない。ほとんど触れたことさえない。

しかし、いいと言うのだから、やってみたい。

右手の指を舐めて、唾液をたっぷりと窄まりに塗りつけた。触れただけで、セピア色の窄まりはひくひくとうごめいて、まるで、泰三を誘っているようだ。

指で拳銃を作る形で、人差し指を伸ばして、中心に押し当てる。

すると、窄まりがわずかに開いて、指先を呑み込もうとする。

「いいのか？　入っちゃうぞ」

「わたしがします」

そう言って、紗貴が尻を突き出してきた。すると、人差し指が柔らかな入口を通過して、第二関節まで姿を消した。

「ああうぅ……」

紗貴が悩ましく喘ぎながら、さらに尻を突き出してきた。

「……………！」

愕然とした。人差し指がほぼ根元まで埋まってしまっている。

（ここって、こんなに簡単に指が入るものなのか？）

その間にも、紗貴は静かに腰を振る。

尻が動くたびに、勃起が膣に出入りする。同時に、人差し指もアヌスの窄まりをうがつ。

そして、紗貴は気持ち良さそうに腰を振っては、

「ぁあぁ、あうぅぅ」

と、喘ぐ。

「気持ちいいんだね？」

「はい、気持ちいい……お尻もあそこも両方、いいんです」

そう言って、紗貴は尻を突き出してくる。

そのとき、泰三は理解した。指腹が感じるこの硬いものは、おそらく、自分のおチンチンだ。試しに下側の硬いものを指でなぞると、おチンチンを自分で触っているような感覚がある。

（やはり、そうだ。そうか、膣とここを隔てている壁はほんとうに薄いのだな）

指をぐるりとまわして、上のほうを触ると、柔らかく濡れた粘膜のようなものが沈み込みながら、指を押し返してくる。

そして、紗貴は腰を前後に揺らしながらも、泰三の向こう脛を舐めてくれている。

（紗貴さんはすごい。男を悦ばせる術《すべ》を心得ている）

亡くなった紗貴の夫も、歳の離れた社長だったと言う。おそらく、この圧倒的なセックスに骨抜きにされて、結婚したのだろう。

紗貴が言った。

「ねえ、このまま後ろから突いて……わたしをメチャクチャにして」

「指は抜いていいのかい？」

「ええ、おチンチンで思い切り突かれたい。ケダモノのように」

紗貴が後ろを振り返って言う。

泰三はいったん結合を外して、紗貴をベッドに這わせた。

柔軟な肢体が見事な曲線を見せて、しなり、充実した尻たぶの底に、女の器官が息づいている。

泰三はいきたつものを押し当てて、一気に貫く。

「ぁあああっ……！」

紗貴はのけぞりながら、シーツをつかんだ。

泰三は腰をぐっと引き寄せて、徐々にストロークを強めていく。

「あんっ、あんっ、あんっ……ぁああ、すこい。狂っちゃう。わたし、狂っちゃう」

「いいんだよ、おかしくなって……」

打ち込みながら言うと、紗貴はぐっと上体を低くして、膝を開き、尻だけを高く持ちあげる。

それから、両手を後ろにまわして、尻たぶをつかんで左右にひろげた。

尻たぶが開いて、勃起が尻の底に嵌まり込んでいるところが丸見えだった。

さっき指で犯した尻の孔も今は何もなかったように、きれいに窄まっている。

(美しい未亡人が、なぜこんなエロいことをできるのだろうか?)

泰三は思い切り打ち込んでいた。

ウエストをつかみ寄せて、ぐいぐいとえぐり込んでいく。

「あんっ、あんっ、あんっ、あんっ……」

紗貴は女豹《めひょう》のポーズで、自ら尻を開きながら、確実に高まっていく。

泰三もそろそろ限界を迎えようとしていた。六十二歳の自分がここまでできただけでも上出来だ。

紗貴の右腕を後ろに引っ張った。

肘のあたりをつかんで、ぐいっと引き寄せると、紗貴は半身になって、片方の乳房を見せ、

「ああ、これ……イキそう」

うっとりとした横顔を見せる。

「紗貴さん、出そうだ。いいかい?」

「はい……ちょうだい。ちょうだい……あんっ、あん、あんっ……ぁあああ、へんよ、わたし、へんよ」

「そうら、紗貴さん……」

右腕を後ろに引っ張りながら、スパートした。

残っているエネルギーを費やして、強く腰を叩きつける。パン、パン、パンと破裂音が立って、

「あんっ、あん、あっ……イク。イク、イッちゃう!」

紗貴がぎりぎりの状態で、横顔をゆがませた。

「そうら、行くぞ。出すぞ!」

思い切り叩きつけたとき、

「イクわ、イク、イク、イッちゃう……うあっ!」

紗貴がのけぞって、がくんがくんと躍りあがった。

もう一太刀《ひとたち》浴びせたとき、泰三も至福に押しあげられていた。

ツーンとした射精の歓喜が体を貫き、止めどなく精液が噴き出ていく。

溜め込んでいた男液を一滴残らず搾りだされて、泰三はがっくりと背中に覆いかぶさっていく。


情事を終えた紗貴に、一階のリビングでコーヒーをご馳走しているとき、駐車場に車が停まる音がした。

奈々子が帰ってきたのだ。

予定より一時間も早い。

紗貴も泰三もハッとして、目を合わせる。

余裕を持ちすぎていた自分がいけないのだ。あのまま、紗貴をすぐに帰せばよかった。だが、もう遅い。しかし、この状態を見ても、奈々子は二人が情事の後だとは思わないだろう。だいたい、わざわざ隣家の女を家に招いて、セックスするような危険をおかす男はいない。

「大丈夫だ。普通に接すれば問題ないから」

紗貴がうなずく。

奈々子が玄関ドアの鍵を自分で開けて、家に入ってきた。リビングに顔をのぞかせて、

「ああ、紗貴さんですか。玄関に女物の靴があったから、どなたかと思いました」

手に持っていた買い物袋を置いて、微笑んだ。

怪しんでいる様子はない。

「すみません。町内会に入るかどうか、相談に乗っていただいていたんですよ。ついでに、お家も見せていただきました。よく考えられた、いいお家ですね」

紗貴が柔和な笑みとともに言う。

奈々子もこれを見て、まさか紗貴が義父に抱かれていたとは思わないだろう。だが、問題なのは、紗貴がさり気なく、胸の突起を隠していることだ。

紗貴はいまだノーブラで、リブニットを持ちあげた左右の乳首は、情事の痕跡を残して、家に来たときよりも明らかに尖っている。

「……ありがとうございます。お義父《とう》さまが設計士に依頼した家なんですよ」

それに気づいているのか気づいていないのか、奈々子も微笑む。

「さすがです。わたしもこんな家に住みたかったわ。前にいたのは都心のマンションで、庭がなくて……」

「そうですね。庭があるとないでは、違いますね」

「ええ……ゴメンなさい、夕食時なのに……そろそろ帰ります」

「もう、お帰りですか？」

「ええ、わたしも夕食を作らないと……」

「今度はわたしがいるときに訊ねてきてくださいね。考えたら、わたしたちあまり話をしていないですし……」

奈々子が言い、

「そうですね。今度、ぜひ……」

紗貴が答えた。さり気なく肘を抱えるようにして、胸の突起を隠している。

会話の間、泰三は気が気でない。

それはそうだろう。泰三は関係を持ってはいけない二人と、肉体関係を持ってしまっているのだから。

紗貴がリビングを出て、泰三と奈々子は見送りに、玄関まで行った。

紗貴が出ていくと、奈々子が言った。

「気をつけてくださいよ、お義父さま」

「えっ、何を？」

「……何でもないです。夕食、作りますね」

奈々子はキッチンでエプロンをかけて、夕食の準備に入った。

泰三はリビングのソファに座っても、押し寄せてくる後ろめたさで、寛ぐことはできなかった。

第六章　逆転の仕掛け

1

その日以降、紗貴はぱったりと泰三に逢ってくれなくなった。

それに、午後九時になっても、隣家の寝室のカーテンは閉まったままだ。

(俺は、何か失礼なことをしたのだろうか？　やはり、この前のセックスが物足りなかったのだろうか？　それとも奈々子に何か言われたか？)

鬱々《うつうつ》とした日々がつづいたその夜、博志は福島への出張で、家を留守にしていた。

ひさしぶりの博志の出張で、泰三は昼間から下腹部の疼《うず》きを感じていた。

息子の嫁を抱き、隣家の未亡人との奔放なセックスを経験したせいもあるのか、しばらくセックスをしないと、したくて、したくてたまらなくなる。

かった。


（六十二歳にして、こんなになるのか？）

泰三自身にも、自分に起こっていることが信じられなかった。

性欲が人間の三大欲求のひとつであることを、まざまざと感じないわけにはいかなかった。

子孫を残し、育てた段階で、性欲はいったんおさまっていた。

性欲は刺激をしないで、眠らせておけば、静かに眠っている。しかし、ひとたび起こして、かつてないほどの快感を得ると、ゾンビのように復活してしまう。

若い頃はひたすら挿入して、出せばよかった。

しかし、この歳になると、そう単純なものではなくなる。それが厄介なのだ。

奈々子も身体の疼きを感じているのか、今日はフィットタイプのニットのワンピースを身につけていた。いわゆる、ボディコンである。

奈々子がボディコンを身につけているのは、おそらく、山口紗貴への対抗意識だろう。先日、紗貴がこの家を訪れたときにしていたあの格好を意識しているのだ。

奈々子が隣家に引っ越してきた未亡人を気にしていることは、言葉の端々からもうかがえた。

美人同士というのは、張り合うようにできているのだろうか？

夜、夕食を終えた泰三はリビングで、テレビを見ながら寛いでいた。いつも自分が使っている一人用のソファに腰をおろしている。

そこに、洗い物を終えた奈々子がやってきた。ロングソファに座って、足を組む。

(これは……!)

フィットタイプのミニワンピースの裾がまくれあがって、むっちりとして長い太腿が尻の近くまで見えてしまっている。

しかも、視線を上にやれば、二つの乳房に張りついたニットから、左右のツンとした突起が浮かびあがっている。

ブラジャーをつけていないのだ。

(そうか……やはり、あのとき紗貴さんがノーブラだったことに気づいていたんだな。それで、対抗して自分も……昼間はつけているようだったから、おそらく、さっきブラジャーを外してきたのだろう)

これまで、奈々子は閨の床以外では、清廉さを保っていた。

それが、紗貴が現れて、泰三と親しくしているのを見て、自分だって、という気持ちになったのかもしれない。

泰三は雑誌を取り、ページを開いた。読む振りをして、密かに奈々子の下半身に目をやる。

　すると、奈々子はテレビの恋愛ドラマを見ながら、ゆっくりと足を組み換えた。

　そのとき、太腿の奥に黒い繊毛のようなものが見えた。

（えっ、ノーパン？　やはり、さっきブラジャーを外し、パンティも脱いできたんだな）

　今夜は博志が出張でいないから、泰三に抱かれる日だ。それで、こうして誘っているのだろうか？

　奈々子はテレビを見る振りをして、組んでいた足を解いた。

　そして、少しずつ足を開いていく。

　ミニ丈のニットワンピースがずりあがって、徐々に太腿の内側が見えてきた。

　今はもう足を直角くらいに開いている。

　これは意識的に見せてくれているとしか考えられない。

　ドキドキしながら、泰三も雑誌に視線を落とす振りをしつつ、姿勢を低くして、太腿の奥を食い入るように見つめた。

　奈々子はいったん足をパタッと閉じた。自分のしていることが急に恥ずかしくなったに違いない。

だが、しばらくすると、また足が開きはじめた。

視線はテレビに向かっているが、泰三を意識していることは明らかで、恥ずかしいのか、両手を太腿の交わるところに置いている。ぎゅっと唇を嚙みしめて、目を閉じた。

次の瞬間、左右の足が鈍角にひろがって、長い太腿の奥に黒々としたものが見えた。

「お義父《とう》さま、来てください」

そう湿った声で言う。泰三は近づいていって、奈々子の前にしゃがんだ。

「いいのか？」

奈々子はうなずいて、言った。

「隣の紗貴さん、いつも午後九時になると、こうやってお義父さまに見せていたわ。だから……」

「気づいていたのか？」

「はい……お義父さまの部屋の隣に行ったときに……。お義父さま、まさか紗貴さんと、できていないですよね？」

「……も、もちろん」

そう答えるしかなかった。

「紗貴さん、おきれいだから」

「そんなことはない。奈々子さんのほうがずっときれいだよ」

そう言って、泰三は翳りの底にしゃぶりついた。

奈々子の両足をソファに置かせてM字開脚させ、あらわになった女の花芯にキスをする。内心の動揺を悟られないように、狭間に丹念に舌を走らせた。

舌が濡れた狭間をなぞると、

「ああ、くっ……お義父さま、紗貴さんだけはよしてくださいね。女同士でわかるんです。あの人は怖い女ですよ」

「大丈夫だ。心配しなくてもいい」

うちを訪ねて以来、なぜか紗貴は急に冷たくなった。だから、もう紗貴との蜜月時代は終わったのだと考えている。

「俺には、奈々子さんしかいない」

「はい……わたしにもお義父さましかいません」

「博志とは、全然ダメなのか？」

「はい……今はもう、わたしに触れられるのもいやがって……」

「そうか……ひどいな」

「もう、お義父さましかいないんです」

奈々子が哀切な目でじっと見つめてきた。

「大丈夫だ。俺が奈々子さんのダンナになるから」

そう言って、泰三は翳りの底にしゃぶりついた。狭間に何度か舌を往復させ、クリトリスを舌で弾くと、

「ぁあああ……感じます」

奈々子がさらに足を開いて、濡れ溝を擦りつけてくる。泰三はクリトリスを吸い、舐めしゃぶる。

「……部屋に行きたいわ。ここは誰か来たら、と心配です」

奈々子が訴えてきた。

「よし、そうしよう」

泰三は立ちあがり、二人で階段をあがる。

後ろから奈々子の尻を見た。パンティラインのない豊かな尻が階段をあがるたびに、くねくねと揺れて、その肉の動きがたまらない。廊下を歩き、二人で泰三の部屋に入った。

泰三はカーテンを完全に閉めた。暗すぎるので、照明を点ける。

天井の円形蛍光灯が瞬きながら灯って、ニットのワンピース姿の奈々子を照らしだした。ニット越しに、左右の胸のふくらみと、二つの突起がぼっちりと浮かびあがった。

「奈々子さん、そこに座って」

指差すと、奈々子はベッドの端に腰をおろした。

泰三はしゃがんで、頭を擡げている乳首を、指で捏ねる。

「あんっ……」

奈々子が胸を隠そうとする。その手を外して、突起を押し、つまんで転がす。

すると、たちまち乳首は硬くしこってきて、ニット越しでも存在感を強く感じる。

飛び出してきたものを、さらに指で捏ねると、

「ああ、気持ちいい……お義父さまにされると、ほんとうに気持ちいいの」

奈々子が眉根を吊りあげて、悩ましい顔をする。

(俺は奈々子さんが好きだ。息子の嫁とはいえ、ひとりの女。俺は女として、奈々子さんを愛している)

泰三はニットワンピースに手をかけて、肩から腕を引き抜き、そのまま腰まで押しさげた。ぶるんとたわわな乳房が転げ出てきて、

「あっ……」

奈々子がとっさに乳房を手で隠した。その手を外して、顔を寄せた。濃いピンク色にぬめ光る突起を上下左右に舌でなぞり、時々吸う。吐きだして、また舐めあげる。

それをつづけていくうちに、奈々子はびくっ、びくっとして、上体を後ろに反らせる。

「後ろに倒れてごらん」

言うと、奈々子はベッドに仰臥する。

「そうだ、それでいい。足をベッドにあげなさい」

ためらいつつも、奈々子は片足ずつベッドのエッジに足をかけた。

ボディコンのニットを肌に張りつかせて、足を大きくM字開脚した奈々子を途轍もなく卑猥に感じてしまう。

長方形の繊毛の底を舌でなぞりあげる。すでに潤みきった花芯で舌が、ぬるっ、ぬるっとすべって、

「あっ……あんっ、ぁああん」

奈々子は内腿をぶるぶる震わせる。

舐めるたびに、鮮紅色にぬめる粘膜がひろがり、透明な蜜がじゅくじゅくとあふれでる。

雨合羽《あまがっぱ》をかぶったような陰核が恥毛に隠れて、泰三を誘っている。

雨合羽を脱がせ、あらわになった肉の頭部をちろちろと舌で転がした。

「ぁあああ、いい……お義父さま、わたしダメなんです。気がついたら、博志さんの出張を待っているんですよ」

奈々子が喘ぎながら、言う。

「俺もだよ。俺も博志の出張を待っていた。こうしたくて……」

奈々子の言葉に感激して、泰三は剝き出しになった陰核を夢中で舐めた。

舌をれろれろさせて、突起を弾くと、

「あっ……あっ……ぁああ、ジンジンします。ダメっ……わたし、もうお義父さまのあれが欲しくなってる」

奈々子が切々と訴えてくる。

「その前に……悪いが、舐めてくれないか？」

泰三は着ているものを脱いで、ベッドに立った。すると、奈々子は前にしゃがんで、いきりたちを握ってくる。

最初は様子を見るようにゆっくりとしごいていたが、やがて、気持ちをぶつけるように強く擦って、見あげてきた。

「お義父さまのこれ、いつもお元気だわ。博志さんのよりカリが張っているし、大きいんですよ。性格もおやさしいし……博志さんとは全然違う」

うれしいことを言って、奈々子は唇を開いて、頬張ってくる。

ゆっくりと顔を振りながら、舌をからめてくる。その慈しむような所作が、泰三をかきたてる。

(俺は、奈々子さんが好きだ。息子の嫁ではあるが、今こうして自分を愛してくれている。俺も、博志の代わりになって、奈々子さんを助けたい)

泰三はあらためて、奈々子への思いを強くした。

肉柱を頬張られつつ、皺袋をやわやわとあやされると、えも言われぬ快感が押しあがってくる。

2

泰三も奈々子の恥肉に触れたくなって、ベッドに仰臥し、ニットを脱がせてシックスナインの形でまたがらせる。

むっちりとした尻たぶの底に、女の花園がピンクと鮮紅色の花を咲かせていた。

尻たぶを引き寄せながら、しとどに濡れた雌花にしゃぶりつく。おびただしい蜜をすくいとるように舌を走らせると、

「んんんっ、んんんんっ……」

奈々子はくぐもった声を洩らしながら、下腹部の肉柱を口におさめて、さかんに唇をすべらせる。

その充溢感が泰三を急がせる。

「奈々子さんとひとつになりたい。入れてくれないか？」

「このままですか？」

「ああ、あなたが上になって、腰を振るところを見たい」

奈々子は肉棹を吐きだして、後ろ向きのまま下腹部へと移動していく。

背中を向ける形で、泰三のいきりたちをつかみ、開いた太腿の奥へと押し当てて、何度か擦りつけた。それから、慎重に腰を落としてくる。

亀頭部がとても窮屈な肉路をこじ開けていく確かな感触があって、

「はうぅぅ……！」

奈々子が背中をしならせる。

熱く滾《たぎ》る膣内がざわめきながら、分身にまとわりついてくる。

そのうごめきを味わっていると、奈々子が自分から腰をつかいはじめた。

前と後ろに手を突いて、尻を前後に揺すり、

「ああ、あああぁ……奥が、奥が気持ちいい……」

心から感じている声をあげて、奈々子はますます大きく、強く腰を揺すりあげる。

腰振りが一気に激しくなり、

「ぁあああ、あぁああ、恥ずかしい。止まらないの。止められないの……お義父さま、助けて……お義父さまがわたしをこんなにしたのよ。ぁああ、止められない」

奈々子は両膝を立てて、今度は上下に腰を振りはじめた。

両手を前に突いて、持ちあげた腰を落とし込んでくる。

ゆっくりだった上下動が徐々にスピードと激しさを増して、連続スクワットでもするように尻を叩きつけては、

「あん、あん、あんっ……」

撥ねながら、奈々子が喘ぎをスタッカートさせる。

まるで、スクワットを何回できるか、自分の限界に挑戦しているようなリズミカル

な腰振りに、泰三も昂る。

泰三が尻が落ちてくる瞬間を見計らって、ぐいっと腰を突きあげると、

「うあっ……！」

奈々子はがくんと顔をのけぞらせて、獣染みた声を放った。

それでも、腰の上げ下げはつづけている。

泰三もリズムを合わせて、腰を撥ねあげる。

奥のほうに亀頭部がぶつかって、自分は奈々子を貫いているのだという実感が湧く。

つづけざまに、突きあげると、

「あんっ……あんっ……あんっ……ダメっ、ダメっ……ほんとうにダメ……はん、はん、はぁん……うはっ！」

奈々子ががくがくしながら、前に突っ伏していく。

気を遣ったのだろうか、奈々子は泰三の足を抱え込むようにして、細かく震えている。

突き出された尻と底に突き刺さっている肉棹を見て、ふと、紗貴と同じことをしてほしくなった。

「奈々子さん、悪いが足を舐めてくれないか？」

「えっ……足ですか？」

「ああ、脛を舐めてほしい」

「いいですけど……恥ずかしいわ。お尻が見えているでしょ？」

奈々子が右手を後ろに伸ばして、アヌスを隠した。

「いいんだ。気にするな。奈々子さんのここはすごくきれいだよ。恥じる必要はない。むしろ、昂奮する……頼む、してくれないか？」

懇願すると、気持ちが伝わったのか、奈々子は尻から手を外した。そして、泰三の伸ばした足を両手で抱え込むようにして、向こう脛を舐めてくる。

奈々子は赤い舌をいっぱいに出して、すね毛の生える向こう脛を膝から足首にかけて、舐めあげている。

そして、柔らかな舌が這うたびに、ぞくっぞくっとした戦慄が走る。

男のペニスを膣で咥え込み、菊の花を剝き出しにして、一生懸命に脛に舌を走らせている。

そんな奈々子をかけがえのないものに感じる。

奈々子がぐっと首を前に伸ばした。

何をするのかと見ていると、泰三の足指まで舌を這わせはじめた。

前に上体を伸ばしたせいで、結合は浅くなっている。

だが、それ以上に奈々子が足指まで舐めてくれているという悦びが、泰三を精神的に満足させる。

奈々子は親指をぐちゅぐちゅ頬張った。それから、足指の間に舌を差し込んで、ちろちろと刺激してくる。

丹念に足指を愛撫してから、ふたたび向こう脛を膝に向かって、舐めおろしてくる。

すると、結合が深くなって、泰三の分身がぐちゅっと入り込む。

それから、奈々子は上体を斜めにして、ぐいぐいと腰を後ろに突き出して、

「あんっ、あっ、あんっ……ぁああ、イキたいの。イカせてください」

逼迫した声で、訴えてくる。

「よし、今度は俺が上になる」

泰三は結合を外させて、奈々子を仰向けに寝かせた。

膝をすくいあげて、勃起を挿入し、覆いかぶさっていく。

腕立て伏せの形で、ぐいぐいと屹立を叩き込むと、奈々子はかるくウエーブした髪を乱して、

「あんっ、あんっ、あんっ……」

と、喘ぎをスタッカートさせる。

もうイク寸前なのだろう、シーツに突いた泰三の腕を握りしめて、顔をいっぱいにのけぞらせる。

眉を八の字にして、泣きださんばかりに顔をゆがめて、泰三にしがみついてくる。

泰三がずりゅ、ずりゅっと大きく擦りあげていくと、

「ぁああ、イキます。お義父さま、イキそう」

奈々子がさしせまった声を放った。

「いいんだよ。俺も出そうだ。外に出すか？」

「いいんです。なかにください。言ったでしょ？　わたしは妊娠しにくいんだって

……わたし、お義父さまの精子が欲しい。なかにください。外に出すのは、いや」

「いいんだな？」

「はい……」

「よし、いくぞ」

泰三は絶頂の近い奈々子を見ながら、ストロークのピッチをあげた。

まったりとした粘膜がからみついてきて、射精前に感じるあの陶酔感がどんどんせまってくる。

「あんっ、あっ、あっ……ぁあああ、イキます。お義父さま、イキます」

奈々子がますますぎゅっとしがみついてきた。

泰三は身体を合わせ、奈々子の上体を引き寄せるようにして、スパートする。

ぴったりと密着させながら、屹立を深いところへと届かせる。とろとろに蕩けた粘膜がきゅーと締まってくる。

「おおぅ、奈々子さん、いくぞ。出すぞ」

「ああ、ください……ああ、すごい。あんっ、あんっ、あんっ……イキます。イク、イク、イッちゃう……」

奈々子がいっそう強く抱きついてくる。

泰三がつづけざまにえぐり込んだとき、

「……イクぅ……うはっ！」

奈々子がしがみつきながらのけぞり、次の瞬間、泰三も男液をしぶかせていた。

ドクッ、ドクッと精液が放たれる間、奈々子は足を腰にからめて、送り込まれる精子を受け止める。

放出を終えて、泰三は結合を外し、すぐ隣にごろんと横になる。

すると、奈々子が寄ってきたので、とっさに右腕を伸ばして、腕枕する。奈々子を腕枕したのは、これが初めてだった。

奈々子は肩と右腕の中間に顔を乗せながら、

「幸せです。博志さんに相手にされなくても、お義父さまがいらっしゃれば、いいんです」

愛らしいことを言って、奈々子は胸板にちゅっ、ちゅっとキスをする。

右手がゆっくりとおりていって、下腹部のものに触れた。それがまだ臨戦態勢に入っていないことを知ると、

「もう一度、したいの」

そう言って、奈々子はゆっくりと下半身のほうに移動し、肉茎を頬張ってきた。

3

翌週、隣家の紗貴が突然引っ越しをした。何の挨拶もない、いきなりの引っ越しだった。

そして、引っ越しの一週間後の日曜の午後、博志に話があるからと、泰三と奈々子はリビングに呼ばれた。

（何だろう？）

泰三は首をひねる。

リビングにつづいているダイニングキッチンのテーブルに二人を着席させて、博志がまさかのことを言った。

「奈々子とは離婚することにした。このとおり、離婚届も用意してある。ここに奈々子のサインと捺印が欲しい」

博志は自分の欄に記入済みの離婚届をテーブルに置く。

あまりにも突然のことで、泰三も奈々子も唖然としている。

「こんな急に……離婚したいなんて、わたしは一言も聞いていません」

奈々子が、正面の博志をじっと見る。

「こういうことは、なかなか切り出しにくくてね。とにかく、別れてくれ、頼む」

博志が頭をさげる。

泰三が、言葉を失っている奈々子の気持ちを代弁する。

「待ちなさい。お前が不倫していたことは、奈々子さんから聞いている。他に女がいるからといって、いきなり離婚を求めてくるとは……その相手と一緒になるんだろう？　勝手すぎるぞ」

「残念ながら、俺は不倫なんてしていないよ。だいたい不倫の証拠があるのか？」

博志が淡々と言う。

泰三が見ると、奈々子は渋い顔で首を横に振る。

「そうだろ？　俺は不倫なんかしていない」

「じゃあ、離婚の原因は何なんだ？」

「見せるけど……本当は見せたくないんだ」

「何のことだ？」

博志が泰三の顔をまっすぐに見た。

「父さん、身に覚えがあるだろ？」

「……何を言っているのか、わからん」

もしかして、奈々子とのことかと思いながらも、突っぱねた。あの事実がばれるはずがないのだ。奈々子も感情を押し殺した顔をしている。

「そう言い張るのだったら、しょうがないな。これを……」

博志がスマホを取り出し、タップして、画面を二人に見せた。

（これは……！）

泰三の部屋で、ベッドに立ちあがっている泰三の勃起を、ニットのワンピースを着た奈々子が懸命にしゃぶっている。髪をかきあげながら、顔を打ち振り、皺袋を手であやしている。

あのときだ。

二週間ほど前に、博志が出張に行っている間に、二人は身体を合わせた。これはあのときの映像だ。このあとに、結合して、女性上位のバックをして……。

奈々子がその動画を見て、「いやっ」と両手で顔を覆った。

「傷ついただろ？　だから、見せたくなかったんだ。もちろん、このあとで二人が性交をしたところも映っている。二人とも、俺が出張するのが待ち遠しかったらしいね。二人で仲むつまじく、話していたじゃないか。気持ち悪かったよ」

博志が映像を止めて、奈々子を軽蔑するような目で見た。

「奈々子、失望したよ。いつからだ？　お前は、俺の留守に父さんに抱かれていた。よくも、そんな破廉恥《はれんち》なことができたものだな」

「待て。奈々子さんを責めるな。俺のせいだ。奈々子さんは悪くない」

泰三は必死に奈々子をかばい、博志を責めた。

「それもこれも、博志のせいだろ。お前が他に女を作って、奈々子さんを放っておくから。奈々子さんが不憫だった。そうこうしているうちに、ついつい……」

「ついついだと……父が息子の嫁を抱くのに、ついついだと……」

「俺が言っているのは、こうなったのは、博志が浮気をして、奈々子さんを顧みることをしなくなったのが、原因だと言っているんだ」

泰三も負けずに、博志をまっすぐに見る。

「よく言うよ。あんたには反省の気持ちはないの？　息子の嫁をさんざん抱いておいて……恥じろよ。謝れよ！」

博志に追及されると、言葉に詰まった。

しかし、謝るのもしゃくだ。黙っていると、博志が言った。

「とにかく、俺は父親に抱かれた妻とは、もう一緒にいたくない。だから、離婚してくれ。お金のほうは心配するな。協議離婚ということにして、財産は半分くれてやる。俺はこの家を出る。二人の顔を見たくないからな」

博志が、泰三から奈々子へと視線を移す。

「いやとは言わせないぞ。裁判で争うことになったら、俺は奈々子が義父とできていたことを証言する。求められたら、この映像も証拠として提出する。藤田家の恥だぞ。もしこんなことが周りに知れたら、どうなる？　奈々子も父さんも終わりだ。そうだろ！」

裁判という言葉で、泰三には思い当たることがあった。

「証拠って言ったな。これは、どうやって撮った？　盗撮カメラを俺の部屋に仕込んだんだろう。確か、盗撮はプライバシー侵害に当たるから、裁判の証拠にはならないはずだ」

「……へえ、さすがオヤジ。詳しいじゃないか。だけど、この映像は証拠になるかどうか、以前の問題だろう。そういうことじゃないんだよ。謝れよ。土下座して、謝れよ」

「その前に、教えてくれ。さっきの映像はどうやって手に入れた？　博志が俺の部屋に仕込んだんだな？　もしそうなら、プライバシー侵害で罪になるぞ」

「残念ながら、俺じゃないよ。俺はそんな危険なことはしない」

「……だったら、誰が？」

「そんなこと、どうだっていいだろう？　とにかく、あんたらが気持ち悪いことをしていたことは確かなんだ。奈々子、これに記入して、捺印してくれ」

博志が奈々子に離婚届を近づけた。

それをじっと見つめていた奈々子が口を開いた。

「……わかりました。離婚届にはサインをします。その代わりに教えてください。博志さんには他に女がいましたよね？　それだけ、教えてもらえたら、わたしは納得してサインができます。いましたよね？　大丈夫ですよ。それでもって、慰謝料を請求したりはしませんから。教えてもらえないなら、サインはしません」

奈々子がきっぱりと言った。しばらく考えていた博志が言った。

「……いたよ。これで、お前も納得して離婚届に捺印できるだろ？」

「……その相手って、もしかして、紗貴さんですか？」

奈々子がまさかのことを言った。

「バカな……そんなはずがないじゃないか」

そう言う博志の声が裏返っている。

「やはり、紗貴さんなんですね」

「違う。バカなことを言うな。どうして、そんなことを？」

「あの方は、博志さんが出張しているときに限って、家を空けていたわ。全部じゃないけど……。でも、ほとんどの夜に、帰宅していなかった。家は暗いままだった。あまり家を空けることがない人が、あなたの出張した夜に限って、家を空けていた。疑いたくなるわよ。お義父さまと仲良くなったのも、家の事情を知るためだったんでしょ？　それに、一週間前に、あの人は突然引っ越していった。役目を果たしたからじやないですか？」

「バカな……だいたい、不倫相手を隣家に引っ越しさせるなんて危険な真似をするわけないだろ？」

「それは……あなたが呼んだんじゃなくて、彼女が勝手に引っ越してきたんじゃないの？　あなたとその家族を監視するために」

その遣り取りを聞いていて、泰三には思い当たる節があった。

「そうか……紗貴さんを家に呼んだときだ。あのとき、紗貴さんを部屋にも通した。紗貴さんは部屋にひとりでいるときがあった。俺が水を取りに、キッチンに行ったときだ。あのとき、紗貴さんが盗撮用のカメラを仕込んだんだな。隣家なら、ばっちりと映像を録画できるはずだ。最近は、スマートフォンを利用した便利な盗撮カメラがあるらしいじゃないか」

言うと、博志が言葉に詰まった。やはり、的を射ているのだろう。

「……紗貴さんはわかっていたんだ。知っていたんだ。俺と奈々子さんの関係を。そうか、あのときだな。紗貴さんが若い男を家に連れ込んだとき、俺も奈々子さんと……あのとき、紗貴さんの喘ぎ声が聞こえた。ということは、奈々子さんの喘ぎ声も紗貴さんには聞こえたはずだ。あのとき関係を知って、その証拠をつかむために、わざわざうちを訪ねて、俺の部屋にカメラを仕込んだんだ。何て、女だ！」

泰三は地団駄を踏みたくなった。見事なまでにしてやられたのだ。

(俺は罠に嵌まった。まさに、ハニートラップ……！)

事実を突きつけられて、話を切りあげたくなったのだろう。博志が言った。

「残念ながら、あんたらの言っていることは、想像にすぎない。証拠がまったくない……とにかく、この映像がある限り、離婚に同意するしかないんだよ。今週中に、離婚届に捺印してくれ……じゃあ、俺は用があるから」

博志は席を立ち、ジャケットをはおった。

「紗貴さんに逢いにいくんだな？」

「さあ、どうだろうな……あれやこれや考えて、勝手に悩んでくれ。もちろん、このあとで、二人が何をしようとかまわない。せいぜい、乳繰り合ってくれ。あんたらには、離婚して俺がいなくなるんだから、かえって好都合だろ。よかったじゃないか」

博志は捨て台詞《すぜりふ》を残して、玄関を出ていった。すぐに、車が発進する音が聞こえ、エンジン音が遠ざかっていった。

4

翌日、紗貴から、お逢いしたいという旨の連絡が入り、泰三はそれに応じた。紗貴には確かめておきたいことや、問い詰めたいことがあった。

夜、指定された駅前のバーに行くと、すでに紗貴がいた。

胸元の大きく開いた、サイドにスリットの入ったセクシーなドレスを着て、奥のテーブル席で、ウイスキーの水割りを呑んでいる。

それが様になっていて、これが紗貴の正体なのだという気がした。

泰三はテーブルの向かいの席に座り、紗貴が呑んでいるものと同じスコッチウイスキーの水割りをオーダーした。

髪を結いあげた紗貴は、どこかの高級クラブのホステスのようで、隣家に引っ越してきたときの紗貴とはまったく違う。

水割りをごくりと呑んで、泰三は訊いた。

「あなたが俺の部屋に盗撮カメラを仕込んだんだね？」

昨日、さがしたもののすでにカメラはなかった。おそらく、博志が外したのだろう。

紗貴は否定するのかと思った。しかし、紗貴はうなずいて、あっさりとそれを認めた。

「じゃあ、やっぱり、紗貴さんが泰三の不倫相手だったんだな？」

「どうせわかることだから、言っておくわね。そうよ、わたしが博志さんの新しい奥さんになる女よ。近いうちに、籍を入れる予定……」

あまりにも簡単に明かしたので、かえって驚いてしまった。

「博志とどこで知り合ったんだ？」

「二年前に、熟女パブで……」

「熟女パブ？　高級クラブかと思った」

「そう見える？」

「ああ……」

「この歳で、ホステスをはじめたんじゃあ、高級クラブのホステスにはなれないわ」

「……未亡人というのもウソだったんだな」

「それはほんとうよ。わたしは確かに三年前に夫を亡くしたわ。でも、夫は社長なんかじゃなくて、ただの会社員だった。一応、課長はしていたけど……でも、ギャンブル狂いで、生活は厳しかった。子供ができなかったのが、せめてもの救いだったわ……。遺産もなく、生命保険も雀の涙ほどだった。だから、生きていくには働くしかなかった。それで、熟女パブで働いていたのよ」

「……そこに、博志が客として来たのか？」

「そうよ。博志さんは救世主だった。つねにわたしを指名してくれたし、とてもやさしかった。知ってる？　じつは、博志さん、熟女が大好きなのよ……そのうちにわたしたちは両思いになったわ。博志さんはわたしにパブの仕事を辞めるように言った。支援するからとも……でも、博志さんを困らせるようなことはしたくなかったから、パブの仕事はつづけていたのよ。彼と一緒になりたいと思った。でも、博志さんには奥さんがいた。博志さんはもう妻とはセックスレスだし、愛情もないと言ってくれた。離婚できたらいいんだが、それは難しいと。だから、わたしはパブの仕事を辞めて、ここに引っ越してきた。博志さんには反対されたんだけど……心の片隅に、博志さんが他に女を作っているんじゃないかって、心配もあった。博志さん、すごくもてるのよ」

紗貴はそこまで一気に言って、水割りを流し込んだ。

「じゃあ、俺を誘惑したのも、接近して、家の事情をさぐろうとしたんだな？」

「どうかしら？　初めて、藤田さんに家具を動かすのを手伝ってもらったときに、素敵な人だなと思った。わたし、ファザコンだから……それに、藤田さんはちょっとした仕種や表情が、博志さんに似ているのね……だから、ああいうことをしたのも、計画的にしたんじゃないのよ。ただ、ああしたかっただけ……」

紗貴が足を組み換えた。ロングドレスのスリットがひろがって、長い太腿が際どいところまで見えて、泰三は目をそらす。

「どうして、あんな若い男としたんだ？」

「それは……博志さんとの関係を疑われないためよ。彼は元いた熟女パブの店員さんなのよ。昔から、わたしの言うことは何でも聞いてくれたから……騙されたでしょ？」

「……ああ」

「おまけに、覗きに昂奮して、奈々子さんと部屋でしていたものね。あのときよ、奈々子さんのいやらしい声が聞こえてきて、まさかと思ったけど、そう考えるしかないでしょ？　大したものね。いくら、セックスレスだからと言っても、息子の妻と密通するなんて、普通じゃないわよ。あなたたちのほうが、わたしたちよりずっと鬼畜よ」

紗貴の言葉が胸に突き刺さった。

「博志さんから聞いたわ。昨日、わたしとのことで博志さんを責めたてたようね。でも、奈々子さんにはおとなしく離婚届にサインさせてほしいの。こういうものもあるのよ……」

紗貴がスマホを取り出し、操作して、画面を見せた。

サイレントになっていたが、そこには、紗貴を泰三がバックから犯している映像が流れていた。

「カメラをセッティングして、すぐの映像。すごい勢いよね。これ、奈々子さんに見せてもいいんだけど……」

「やめてくれ」

「そうよね。奈々子さんに愛想を尽かされてしまう……息子に家を出られ、奈々子さんにも去られたら、終わりだものね。ひとりぼっちになってしまう。そうなりたくなかったら、素直に離婚届に捺印させて。それに、財産分与の際にも、でしゃばらないで。わかった？」

「……わかった」

「物は考えようよ。奈々子さんが離婚してひとりになるんだから、あなたとしてはかえって好都合なんじゃないの？　義父ではなくなるしね。好きなだけ、できるもの。奈々子さんが家に留まってくれれば、の話だけど」

紗貴の言うことは確かに的を射ていた。

「話はこれで終わり……わたしと博志さんはすぐに籍を入れるけど、そのときも、反対しないでね。藤田さんはわたしのお義父さまになるんだから。ねっ、お義父さま……」

虚を突かれた。確かにそうなれは、自分は紗貴の義父になる。

「……今夜はどうします？　ホテルに部屋を取りますか？」

唐突に紗貴が言った。

「バカな！」

「冗談ですよ。じゃあ、わたしは博志さんのもとに行きますから。ここは払っておいてね」

紗貴は足を大きく開いて、太腿を見せつけながら立ちあがった。

それから、店を出ていく。

ひとり残された泰三は、残りの水割りを一気に呑み干した。

5

三カ月後の夜、夕食を終えた泰三は家のリビングで寛いで、テレビを見ていた。

オープンキッチンのカウンターの向こうでは、胸かけエプロンをつけた奈々子が、食器の洗い物をしている。

協議離婚という形で離婚が成立してから、二カ月が経過する。

奈々子は二人の結婚後に得た共有財産の半分を分与された。博志は不動産を持っておらず、分与されたのは数百万円だった。

離婚が成立して、数週間後に博志は紗貴との入籍を済ませた。

今は、賃貸マンションの一室を借りて、二人で生活しているらしい。

博志は会社で間もなく昇進すると言っていたから、金銭に困ることはないだろう。

紗貴は犯罪染みたことまでして、博志との結婚まで漕ぎつけた。博志も愛情のなくなっていた奈々子と離婚して、愛する女性と再婚したのだから、二人にとっては最高の結末だっただろう。

（これでよかったのかもしれない……）

泰三がテレビのニュースを見ていると、奈々子がエプロンを脱いで、キッチンから出てきた。

ゆったりとしたワンピースのお腹がわずかにふっくらとしているのがわかる。

妊娠四カ月だった。

離婚が成立してから、奈々子の妊娠が判明した。

その時期、奈々子は博志とは性交しておらず、あの頃、泰三は奈々子が妊娠しにくい体質だからと言われて、何度も中出しした。

妊娠判明後に、

『俺の子だよな？』

確認すると、奈々子は『はい、確実に』とうなずいた。

それを知って、泰三は決断をした。

この家で、奈々子に出産させ、生まれてきた子をこの家で育てることを。

離婚後、三百日以内に生まれた子供は別れた夫の嫡出子とみなされる、という法律がある。法律的には姓は藤田だが、養育権は母が持つことになる。

近所には、奈々子のお腹の子の父親は離婚した博志であり、家長である泰三が、奈々子を不憫に思い、奈々子の出産、育児に責任を持つというふうに言ってある。

こうしておけば、離婚後に奈々子が藤田家にいることが正当化される。

奈々子は今、ふわっとしたワンピースの部屋着をつけて、ソファに座り、テレビのニュースを見ている。ツワリが終わって食事を充分に摂れるようになり、元気になり、少しふっくらしてきた。

その落ちついた姿からは、子供を宿した女性の強さのようなものが感じられる。

あのお腹に、自分の子供が宿っていることが、どこか現実だとは思えない。だが、確実にそうなのだ。六十二歳でも、女を孕《はら》ますことができるのだ。

「奈々子さん、俺もそろそろ働こうと思う。生まれてくる子供のためにもね。元の会社が良さそうな職場を紹介してくれるというから、今度、面接に行ってこようと思う」

決めていたことを告げると、

「よかったわ。でも、無理なさらないでくださいね」

「平気だよ。たっぷり休んで、充電はできている。子供のためにも、父親の俺が頑張って稼がないとね」

泰三は立ちあがり、奈々子の前にしゃがんだ。

ふくらみかけているお腹に耳を当てる。

「ふふっ、お義父さま、まだ子供は動かないですよ」

奈々子が言う。

「そうか……」

泰三は強い衝動に駆られて、ワンピースの裾のなかに顔を突っ込んで、太腿に頬を擦りつけた。

「もう、泰三さんったら……もう少ししたら、安定期に入りますから、そのときにきちんとしましょうね。今日はこれで我慢してください」

奈々子は泰三を立たせ、ズボンとブリーフを脱がせる。

下半身裸の泰三をソファに座らせて、前にしゃがんだ。

かるく指でしごかれただけで、半勃起していた分身がそそりたつ。

「大丈夫か？　つらいのなら、しなくてもいいぞ」

「大丈夫です。もうツワリも終わって、食欲も性欲もありますから」

奈々子が口許を吊りあげて、顔を寄せてきた。

唇をひろげて、肉柱を一気に咥え込んで、ゆったりと顔を振る。それがギンとしてくると、裏筋をツーッ、ツーッと舐めあげてくる。

ふわっとした黒髪を色っぽくかきあげて、泰三を見あげながら、包皮小帯をちろちろと舐める。その間も、右手で茎胴を握って、しごいてくる。

「気持ちいいよ。ひさしぶりだからね」

そう伝えると、奈々子はにこっとして、亀頭部に舌を這わせる。

頭部を圧迫して、尿道口を開かせ、その隙間をちろちろと舌であやした。

泰三が唸ると、すっぽりと頬張ってくる。

根元まで一気に咥え込んで、噎《む》せそうになるのをこらえて、舌をからめてくる。バキュームしながら、唇を引きあげ、また深く頬張る。

それを繰り返されると、熱い疼きがひろがってきた。

「ダメだ。出そうだ……」

思わず訴えると、奈々子はちゅるっと吐きだして、

「いいですよ。出していただいても……呑みますから」

「いや、それは……呑まないで、吐きだしてくれ」

ついつい、胎児に悪影響を与えるのではと思ってしまう。

「大丈夫ですよ。呑ませてください。出していいですよ」

奈々子がふたたび頬張ってきた。

根元を右手で握りしごき、余った部分に唇をかぶせて、素早く顔を打ち振る。

「んっ、んっ、んっ……」

つづけざまに往復されると、カリからジーンとした快感が生まれ、それが急激に育っていく。

「ああ、出そうだ。出すぞ、出す！」

泰三は奈々子の頭部を押さえつけながら、ぐいと腰を突き出した。

直後に、熱い男液がしぶき、奈々子がそれを頬張ったまま受け止める。

精液がドクッ、ドクッとあふれでる。

放出を終えても、奈々子は頬張ったまま、肉茎を吸い込み、指で搾りあげてくる。

(これ以上の至福があるとは思えない。奈々子のためなら、何だってするからな)

そう決意をあらたにしたとき、奈々子が精液を嚥下する、こくっ、こくっという淫《いん》靡《び》な音が聞こえた。


(了)

＊本作品はフィクションです。作品内の人名、地名、団体名等は実在のものとは関係ありません。

長編小説
蜜惑《みつわく》 隣《とな》りの未亡人《みぼうじん》と息子《むすこ》の嫁《よめ》
霧原一輝《きりはらかずき》
2024年3月11日　初版第一刷発行

ブックデザイン…………………… 橋元浩明(sowhat.Inc.)

発行所……………………………………株式会社竹書房
〒102-0075　東京都千代田区三番町8－1
三番町東急ビル6F
email：info@takeshobo.co.jp
https://www.takeshobo.co.jp
印刷・製本………………………中央精版印刷株式会社

■定価はカバーに表示してあります。
■本書掲載の写真、イラスト、記事の無断転載を禁じます。
■落丁・乱丁があった場合は、furyo@takeshobo.co.jp までメールにてお問い合わせ下さい。
■本書は品質保持のため、予告なく変更や訂正を加える場合があります。